郑志刚简介

　　郑志刚，字怀柔，号芝岗、忆槐、石陶、枕沁。1976年（丙辰九月）生于河南武陟，首都师范大学艺术硕士。诗文书画同参，尤勤于美术评论。观点鲜亮，论据确实，文思若春泉，毫端挟风雷。

　　1995年开始公开发表新闻、文艺作品，迄今有数百万字见于国内多家传媒。有十年新闻出版从业经历。新闻作品曾获中国晚报新闻奖特稿奖、河南新闻奖一、二、三等奖，书法作品多次参加全国重要展览并获奖。现任河南美术出版社《青少年书法》杂志执行主编、中国书法家协会会员、河南省美术家协会理论委员会委员、河南省书法家协会编辑出版委员会委员、河南省作家协会会员、河南省文艺评论家协会会员、老槐诗社社长。有《西北这个梦》《"十里春风"中国优秀青年诗人系列——郑志刚卷》等著作行世。

图书在版编目（CIP）数据

丹青引：中国当代实力派书画名家作品与创作评论系列．河南卷／郑志刚著．—合肥：安徽美术出版社，2008.4

ISBN 978-7-5398-1748-4

I.丹… II.郑… III.①汉字－书法－作品集－中国－现代②中国画－作品集－中国－现代③汉字－书法－艺术评论－中国－现代－文集④中国画－艺术评论－中国－现代－文集 IV.J222.7 J212.05-53

中国版本图书馆CIP数据核字（2008）第051184号

丹青引——中国当代实力派书画名家作品与创作评论系列（河南卷）
郑志刚著

封面题字：马国强
责任编辑：曾昭勇　程　兵
版式设计：王东华
策划支持：大河画廊
出　　版：安徽美术出版社
地　　址：合肥市政务区圣泉路1118号14楼
网　　址：http://www.ahmscbs.com
电　　话：（0551）3533605
印　　刷：郑州金秋彩色印务有限公司
经　　销：全国新华书店
开　　本：889×1194　1/16
印　　张：7
版　　次：2008年4月第1版
印　　次：2008年4月第1次印刷
ISBN　978-7-5398-1748-4
定　　价：39.00元
若发现印装质量问题影响阅读，请与承印厂联系调换。

丹书引

河南卷

中国当代实力派书画名家作品与创作评论系列

ZHONG GUO DANG DAI SHI LI PAI SHU HUA MING JIA ZUO PIN YU CHUANG ZUO PING LUN XI LIE

郑志刚 著

安徽美术出版社

志刚的文章我喜欢

马国强

在河南的文艺评论家队伍里，郑志刚是比较突出的一位。尤其在美术理论研究、画家创作品评等方面，志刚更是年轻有为、佳作迭出。对画史画论的深入探查，使他立足点高、视野宏阔；对诗、书、画、印等传统中国文人艺术的全面修养与实践技法积累，使他落笔有自、不蹈虚妄；谦虚勤谨、敏锐颖悟的从艺品格，必将使他在攀登前进的路上不断有令人惊喜的表现。

我寄厚望于这个文采斐然、笔耕不辍的青年美术评论家，亦曾在多种场合向业界方家公开推介过他。在河南美术界，像志刚这样的理论人才，不是太多了，而是太少了。中原大地上所奔涌着的美术春潮，猎猎千里的"中原画风"中所涌现出来的多位业绩不俗的画家，都需要在志刚这样的理论家们的笔尖之下，才能愈加展露出动人的风采。

只有全身心投入到某项事业中，穷研深探，方得卓立于芸芸。在我的印象中，志刚便是这样的"痴者"。为在美术研究领域更上层楼，志刚克服种种现实困难，负笈京华，考入首都师范大学深造艺术硕士学位。为查考某一细节资料，他常常要在图书馆一泡大半天。这般精进劲头，使我想到了伯乐学习相马的精神，诚如《吕氏春秋·精通》所云："孙阳学相马，所见无非马者，诚乎马也。"

志刚的美术评论文章，有立场，有角度，理智中含激情，严谨间多灵动，对史料的占有与引用建立在深入浅出、极具现场感与形象性的散文式叙述基调之上。读着他的文章，常有水灵灵新鲜泼辣的感觉。在他的文章里，闻不到老学究钻故纸堆的酸腐之气，更无若不捧杀便要棒杀的市侩江湖气。他的文字是晴朗而开张的，观点是鲜亮而坚定的，这样的文章我喜欢。

在志刚文章的导引之下，我们在更深刻全面地认识画家的艺术创作风神的同时，也很容易在脑海中建构了画家本人的立体品貌，甚至画家的一颦一笑、举手投足，都能在他的文字中找到生动而精致的描述。不夸张地说，志刚的文章有时候简直就是一幅幅耐品的画。

收在这本集子里的五位画家及其作品，都曾受到过志刚文字的润泽。如您所见，志刚使用或综述、或速写、或晤对等方式，多侧面地展示了画家的艺术与生活。既有丝丝入扣、逻辑严明的整体创作分析，又有笔致婉转、庄谐相间的笔记小品。一卷阅毕，画亦文也，文亦画也，所给予我们的艺术享受，真如月圆之夜的一盏香茗。

由颇具运营实力与艺术格操的大河画廊策划玉成的这本集子，仅是志刚美术评论系列中之开篇之作。继河南之后，每年一个省区，每地五个画家，志刚将一路风尘，足迹遍及大江南北，用他的生花妙笔，不间断地为我们烹制精神大餐。

祝贺志刚！期待志刚！

目录 CONTENTS

马国强艺术简介

马国强，原籍河南省温县，1952年1月生。毕业于河南大学美术系中国画专业。1982年入文化部中国画研究院（现中国国家画院）人物画创研班进行创作，现为中国美术家协会理事、中国文联委员、河南省人大常委、河南省文学艺术界联合会主席、河南省美术家协会主席。

1986年中国画作品《春暖》、《淡淡的晨雾》、《山雀》入选全国第六届美展，其中《山雀》获优秀作品奖，《春暖》被选入《中国新文艺大系·美术卷》。1995年作品《安塞腰鼓》入选全国第八届美术作品展。1997年、1999年两次获中国文联授予的"中国画坛百杰"称号。1999年作品《豫西节日》入选全国第九届美术作品展，2001年作品《春暖》入选百年中国画展，2003年作品入选中国画研究院东方之韵——中国画创作成就展。2004年作品获中国艺术研究院颁发的"黄宾虹艺术奖"。2004年《版纳集市》入选全国第十届作品展，2005年入选中国美术创作院主办的南北人物——当代中国人物画学术交流展。2005年获由国家科学技术奖励办公室、中国美术家协会授予的"优秀人民艺术家"荣誉称号。2007年作品《河山》获建军80周年全国美展三等奖。出版有《马国强人物画集》、《马国强人物画》等多种画集。

马国强艺术三论

文\郑志刚

我们可以将马国强先生之绘画艺术特色概括为六个字：体正、气厚、格清。

体正者，继承与创新之脉络明晰，线条简率泼辣，水墨清雅冲和，构图稳健饱满，表情晴朗真淳，可谓儒风习习、堂皇正大；气厚者，书法用笔，五笔七墨咬合无间，雄强浑沦，内力充盈；格清者，统观画面有超逸之气徐徐袅袅，不绝如缕，纤纤若初月之升天涯，泠泠比渊泉之鸣石罅。

可以说，20世纪中国画最突出的成就在人物画，水墨人物画家多发轫于徐蒋，黄胄也是个绕不过去的里程碑，马国强先生之取法范畴亦大略如是。然则探深海者获骊珠，近些年来，马国强先生精进不懈，一手上追任伯年，一手紧扣时代脉搏，冶传统与现实于一炉，取精用宏，形神并至，风格幡然而变，戛然开创了不同于师辈的自家式样。其意象、境界和笔墨之美，呈现出特有的艺术个性，在当代画坛独标一帜。

一

于火热的现实生活中冷静取材，藉以表达"为万千基层劳动者写真传神"之宏旨，是马国强艺术之首要特点。

在马国强先生笔下，时时翻卷着真情的浪花。无论是惠安的渔女，还是甘南的集市；无论是雪山脚下长袖飘飘的锅庄群舞，还是中原腹地引弦亮嗓的民间书会；无论是行色匆匆的南国打工妹，还是手提肩扛的建筑农民工，一勾一勒，一皴一擦，无不浸透了画家对基层劳动者的眷眷挚情。透过这些动人的画幅，我们无不为画家胸中所饱涨着的时代良知而感喟久之。

在马国强先生笔下，没有牵强注解既有观念的先入为主，没有身在庐山不辨西东的莫名惶悚，却有着真切的感动和深入的思索。有对劳作艰辛的凝眸关注，有对晴朗笑容的由表叹赏，有困境中的坚守、沧桑中的淡定，更有对时代心声的把握和对生活真谛的诠释。即便是简逸小品，也从不草率含糊，同样由表及里，着意开掘描绘对象的内心，爽畅表达自己对美的向慕与对真的渴求，遂使画面具体性、丰富性和深刻性，浑融无迹地达到了高度统一。

统而观之，马国强先生笔锋所向，大致有少数民族人物、古装诗意人物、中原地区基层劳动者三类。一直以来，这三类表现对象交杂于画家毫端，在艺术上各有优长。但近年来，马国强先生之创作明显偏重于后一类，作品多尺幅拓延、场景宏大、人物群置、气势磅礴，视觉冲击力极强，热腾腾的生活气息扑面而来。

中原地区的基层劳动者形象，特别是在大平原地理特性与市场经济体制下劳动力流动转移

黔南苗寨风情图 丁亥冬月 范沙惠风

芭沙惠风　136×68cm

晨风　68×68cm

的社会特性两相交汇所构成的坐标上，几乎可以说，在水墨人物画创作上还是个空白。有着特定视觉与审美表征的山区汉族劳动者或少数民族劳动者，尽管极易入画，极易形成规模并获得认同，但由于这条光鲜大道上挤满了太多的人物画家，艺术个体欲要脱颖而出简直难逾蜀道。

　　识见高卓的优秀画家，无不理智地选择自己多年栖止其间、烂熟于耳目的劳动群体，作为艺术突破创新、自立门户的不二对象。这方面，黄胄堪称成功个案。他长期生活在大西北，创作了大量西北各族人民的人物形象，特别是新疆维吾尔族、塔吉克族的少女、孩子、老人，所表现的歌舞、劳作、放牧、游戏，既是一个个精彩的瞬间，又是一首首美妙的乐章和动人的诗篇，富有强烈的感染力。黄胄所画的新疆少女、藏族猎手、草原牧民、南海渔民以及勘探队员、解放军战士，都是建国后那个时代的代表人物，形象典型而个性独具，令人过目难忘、品呷再三。

相比之下，马国强先生选择"21世纪的大平原基层劳动者"作为主攻方向，同样令人折服于他敏锐的艺术洞察力。在这方面，以《建设者（农民工）》为代表的一批现实主义新作，已经峥嵘展露、其势咄咄。在这幅描绘了数十个人物的阔大作品中，画家创造了崭新的人物形象与笔墨意境。离乡进城的农民工们黧黑沧桑的面庞对比着晴朗真淳的笑容，阔步前行中，那些经历的坎坷、生存的艰辛，似乎都已抛诸脑后。尽管现实中有着风雨霜雪，有着愁闷与烦忧，但他们在画面中所营造的群体氛围，却具有一种美好而抒情的诗的意境，清新、欢快、潇洒、豪迈、乐观、坚毅。这是一种典型的大平原人的精神面貌，朴实而果敢，隐忍而开朗。画家用细腻而又奔放的笔触，充分刻画并完满展示了这种感人的群体气质，既有很强的现实感召力，又有不容忽视的艺术价值。

二

在扎实的写实性基础上戮力托举中国笔墨精神，是马国强先生艺术之又一大端。

对写实性技法的异常重视与刻意强调，一直是马国强先生鲜亮的执艺理念之一。数十年来，速写是他贯注始终的课题。见缝插针、滴水穿石的速写，甚至早已衍化成为马国强先生一种下意识的生理习惯。对"技术"的超常付出与极端尊崇，换得了丰硕的回报。在马国强先生作品中，造型的准确程度以及微小细节的丰富程度，往往令人惊羡不已。

日复一日的技法累积，使马国强先生自信拿起毛笔就没有障碍。这般深湛的写实功力，每每在创作激情的导引之下，喷薄出瀑落九天的壮美大境。

马国强先生的过人之处在于，苦修"技术"却绝非沉溺其中不能自拔。他十分清醒地认识到，写实是手段而非目的。西方写实主义的引进，无疑打破了空泛概念的传统水墨程式对生活的歪曲与束缚，但国画的核心内质是笔墨写意，是具象刻画基础之上的宇宙精神把握，舍此则势必沦入"反玉辂于椎轮，易雕宫于穴处"的泥沼。基于此，他的水墨人物画创作，时刻注意把握形体大局，关键处严格定位，非关键处适当放松，有夸张有省略，以写实为基础参酌写意，寓丰富于简练，出繁杂以整饬，悦于目复能赏于心。

对中国画笔墨相对独立的审美价值，马国强先生穷研深探，并驱以极强的笔墨功夫，在严格的造型与超逸的笔墨这似乎矛盾的两者之间取得了平衡。面对日新月异的描绘对象，马国强先生努力深化造型意识，力矫文人画重笔轻象重神轻形的弊端，同时明确了创作中的三个基准：一是笔墨要为造型服务，而不是局限造型；二是国画的造型要符合笔墨的表现规律，不符合的西式造型当舍弃；三是须根据描绘对象的丰富和感悟的新颖，相应地发掘前人所无的笔墨，使"笔墨当随时代"。

推究马国强先生的笔墨取法，盖汲京浙两派之长而化合为我。"京派"人物画以素描为基础，用"干笔"画出素描效果，用墨深重，使笔严谨，气势大分量足。"浙派"借助大写意花鸟画方法，用"湿笔"画出秀润、清淡、水墨淋漓的效果。"京派"主要受徐悲鸿影响，多正大气象；"浙派"尊潘天寿为先导，多潇洒趣味。马国强先生之笔墨效果，既朗澈坚毅，又明净温醇，既足骨力又多情性，闳中肆外，洵为铭心之作。

以速写起家砥砺陶养，马国强先生在长期的绘画实践中表现人民生活和时代精神，熔铸了自己具有独立审美价值的笔墨语言。马国强先生的笔墨特质，是得心应手的"写"和别具匠心的"虚"。"写"是心灵的游走，"虚"是学养的抟含。只有"写"出来的作品才能展示艺术性，没有"写"就没有盎然的情致。马国强先生的成功之处在于，能够迅速超越由过硬的写实能力所构筑起来的"技术成就感"，直指笔墨高地，从而使"小写"提升为"大写"，最终培育了单属于他自己的笔墨品格。

能从严谨的形式构成里潇洒迈出，实大不易。没有娴熟的笔墨本领，断不能达到自由抒写之境。马国强先生移植书法为完善水墨人物画之"写"所用，那顺逆绞拖变化如龙的线条、劲健爽捷的线质，有力衬托了水墨浅淡及画面布白之"虚"。马国强先生深谙"务虚"之道，破泼焦宿诸多墨法的交互使用，营造了雅逸悠远的画面氛围。而机动灵活的留白，一如闲云出岫雾满林岗，引人无限遐思。

挺括的用笔，明快的形象，简练的构图，丰盈的水墨随着中锋使转的笔痕欢快地浸洇开去，带燥方润，将浓逐枯，清新浪漫，虚实相生，构筑成一种似曾相识又多有陌生的审美系统。这些带有强烈个性化色彩的创作印记，处处志之，正是中国笔墨精神直通马国强先生艺术内心的路标。

三

在线条运用上独出新面，突破性地实现了造型感与书写味的统一，是马国强先生艺术协奏之三。

国画或书法，最基本的起点是线，最小的构成要素也是线，国画正是以具有书法趣味的线的造型别于西画。中国画这片以线构架的天地，包容了多种艺术种类的文化特征，经由线条——点、横、竖、撇、捺、转折等有组织有规律地叠加而成。挥毫之际，线条似断还连，无形处神气萦绕，无笔处气脉关联，或妍美流便，或势巧形密，或天然神纵，多自成格局。

在中国绘画形式演变过程中，"线"自始至终扮演了极为重要的角色。宋以后，笔墨观念形成，历经元、明、清，笔墨二字成为水墨画造型符号体系的别称。及至近现代，笔法已不单指线描，黄宾虹的"平、留、圆、重、变"论说的便是笔墨之笔。

线条是马国强先生水墨艺术之精要，具有撼人的写实能力与表意能力。他以书法线条的游移变化来表达情绪感受，寻求具有美感意味的线的多样变化对营造结构的整合建筑功能。每当画家笔犁纸素，那些会说话的线条们，便如春蚕吐丝般争相涌出。中国画首先强调"骨法用笔"，强调毛笔线条的表现力。马国强先生就是将速写与国画笔墨很好地进行了结合，他的线条刚劲有力，激情内含，如绵裹铁，充满节奏和韵律，与任伯年庶几近之却又颇有不同。

任伯年师法宋画的痕迹很明显，在观察方法上与宋人多有接近，同时也受到明代肖像画特别是陈老莲作品的影响。任伯年的线条非常简练、非常概括、非常强韧，很到位地表现了形体本身的特征，芟冗除繁，强化了很多特征性的东西。

马国强先生的线条在借鉴任伯年的基础上，愈加强调书法用笔，融篆书之圆劲与草书之飞动而一，辅以墨色润燥变化，清拔其体华滋其采，转折岨挫无不随心驱遣，突破了寻常人物画

欢乐锅庄舞　68×68cm

走线疲软靡弱之弊，无疑是对流畅、飘逸、潇洒可能带来的轻、薄、滑缺陷的一种反制。

　　溯马国强先生线条艺术之源，实攀宋元而追周金汉石，若注目细察，隐约可见《毛公鼎》的遒稳端严，更有秦诏版的瘦劲百变。马国强先生虽不以书法名世，但对书法入画的苦心经营却堪谓大痴。宏阔的艺术视野决定了他线条取法的高古，线条质量的迥出俗流决定了他画格的不同凡响，"马家线"事实上已经成为时下水墨人物画界之干将莫邪。

　　立足中原区域，在黄河嵩山护侍着的这片热土上，砖积瓦聚，旦暮相厮，穷数十年之功，终有今日之皇皇艺术，马国强先生之艺术脉络及艺术节点，堪为画人进渡之津梁。尽管艺海无涯，关山路远，马国强先生仍在鹰扬奋发中，但浩荡的东风与满目的葱翠，已经告诉我们，更加绚烂的春天正在接踵而至。

马国强：
为万千基层劳动者写真传神

文\郑志刚

"为什么我的眼中常含泪水，因为我对这片土地爱得深沉！"

这是一位对基层劳动人民抱有血肉之情的画家，只要能在繁冗的日常公务中拨出一丝闲隙，他的身影就总是出现在孜孜不倦的采风、写生途中。他是画水墨人物画的，却没有将笔尖对准达官显贵、美女明星，他匆匆的脚步总是无一例外地奔向那些繁忙的劳动场合。每当面对那些饱经沧桑而又晴朗坚毅的张张面庞时，他的心中便情不自禁地暖流奔涌。举起相机或者摊开速写本，他用画家特有的方式，月月年年，表达着自己的爱。

这就是马国强先生，一位活跃在当下中国水墨人物画坛著名的实力派画家，同时是中国美术家协会理事、中国文联委员、河南省人大常委、河南省文联主席、河南省美术家协会主席、河南省国画家协会主席。

众所周知，小写意水墨人物画是国画创作中颇具难度的品类，许多画家为之望而却步，马国强先生却恰恰相反。多年来，马先生一直在新闻、文艺界担任要职，每天都要面临众多事务性工作，可无论再忙，他心中始终牵挂着艺术创作，从未忽略过自己的画家身份。为了在圆满完成本职工作的基础上持续推进创作，马先生付出了常人难以想象的辛劳。每天黎明即起，作画至早八点上班；白日里工作间歇时间，哪怕只是短短的一二十分钟，他也要掏出随身携带的速写本，见人画人，见照片画照片；到了晚上，只要没有推不掉的应酬，他准在画案前忙到深夜；逢到星期天或节假日，更是毫不犹豫地全身心扑向创作。

马国强先生在国画艺术创作上的过人勤奋，任谁见了都要啧啧连声。只有对一件事情或一项事业爱到痴狂的程度，才可能像马先生这样为之鞠躬尽瘁地付出。临摹与创作之外，马先生对自身艺术理论水平及综合文化修养的提高，亦是长抓不懈。除了作画，读书是他最大的爱好。他博涉文史，深研画论，此外，书法也是日课内容之一。他还奉"读万卷书，行万里路，看万卷画"为座右铭，不断地与艺界同道切磋交流，足迹遍及南海北疆。

"既滋兰之九畹，又树蕙之百亩。"艺术原野上重点突出、修筑全面、膏泽丰沛的深耕力作，使马国强先生视野宏阔，胸次开张，落笔有神。无论盈壁大幅还是玲珑小品，他都使转精熟擒纵自如。造型之严谨准确、线条之劲健如龙、水墨之清润含蓄、着色之雅逸华滋，散发出直攫人心的艺术感染力。

犹如春泉涓涓流淌于画家心田的，一直是基层劳动者为建设美好家园而默默耕作的身影。那些身影并不珠光宝气璀璨炫目，却始终闪耀着朴素内美的光芒。尤其在构建和谐社会主义新时代的今天，千千万万个基层劳动人民的俯仰悲欢，更是人物画家所应该倾力描述的重要题材。

河山 127×182cm

事实上，以基层劳动者为主要抒写对象的水墨人物画创作，马国强先生早已躬行多年。于火热的现实生活中冷静取材，藉以表达"为万千基层劳动者写真传神"之宏旨，从来都是马国强国画艺术之首要特点。

统而观之，马国强先生笔锋所向，大致有古装诗意人物、少数民族基层劳动者、中原地区基层劳动者三类。一直以来，这三类表现对象交杂于画家毫端，在艺术上各有优长。但近年来，马国强先生之创作明显偏重于后两类，尤其是第三类。作品多尺幅拓延、场景宏大、人物群置、气势磅礴，视觉冲击力极强，热腾腾的生活气息扑面而来。

在我们针对马先生作品所作的分析纵剖面上，时间跨度达25年之久。从1982年表现周恩来总理亲临农家的《春暖》，到2007年夏黔东南写生归来所作的《山路弯弯》，一个个鲜活的劳动者形象跃然纸上，展卷观之，令人油然而生感动。

归类梳理，《绣》、《瑶山秋歌》、《侗寨村头》、《节日》、《骑手》、《蓝天白云》、《老阿妈》、《欢乐锅庄舞》、《雪山之子》、《山路弯弯》等作品，主要刻画少数民族劳动者；而《豫西节日》、《打工妹》、《兰考桐花》、《黄河滩》、《抢修》、《农民书会》、《建设者（农民工）》等作品，则浓墨重彩地塑造了中原基层劳动者群像。

在马国强先生笔下，时时翻卷着真情的浪花。无论是惠安的渔女，还是甘南的集市；无论是雪山脚下长袖飘飘的锅庄群舞，还是中原腹地引弦亮嗓的民间书会；无论是行色匆匆的南国打工妹，还是手提肩扛的建筑农民工，一勾一勒，一皴一擦，无不浸透了画家对基层劳动者的

集市　84×153cm

眷眷挚情。透过这些动人的画幅，我们无不为画家胸中所饱涨着的时代良知而感喟久之。

在马国强先生笔下，没有牵强注解既有观念的先入为主，没有身在庐山不辨西东的莫名惶悚，却有着真切的感动和深入的思索。有对劳作艰辛的凝眸关注，有对晴朗笑容的由衷叹赏，有困境中的坚守、沧桑中的淡定，更有对时代心声的把握和对生活真谛的诠释。即便是简逸小品，也从不草率含糊，同样由表及里，着意开掘描绘对象的内心，爽畅表达自己对美的向慕与对真的渴求，遂使画面具体性、丰富性和深刻性，浑融无迹地达到了高度统一。

特别需要强调的是，近年来，马国强先生选择"21世纪的大平原基层劳动者"作为创作主攻方向，尤其令人折服于他敏锐的艺术洞察力。

中原地区的基层劳动者形象，特别是在"大平原地理特性"与"市场经济体制下劳动力流动转移的社会特性"两相交汇所构成的坐标上，几乎可以说，在水墨人物画创作领域还是个空白。

在这方面，马国强先生以《建设者（农民工）》为代表的一批现实主义新作，已经峥嵘展露、其势咄咄。在这幅描绘了数十个人物的阔大作品中，画家创造了崭新的人物形象与笔墨意境。离乡进城的农民工们黧黑沧桑的面庞对比着晴朗真淳的笑容，阔步前行中，那些经历的坎坷、生存的艰辛，似乎都已抛诸脑后。尽管现实中有着风雨霜雪，有着愁闷与烦忧，但他们在画面中所营造的群体氛围，却具有一种美好而抒情的诗的意境，清新、欢快、潇洒、豪迈、乐观、坚毅。这是一种典型的大平原人的精神面貌，朴实而果敢，隐忍而开朗。画家用细腻而又奔放的笔触，充分刻画并完满展示了这种感人的群体气质，既有很强的现实感召力，又有不容忽视的艺术价值。

一个中部大省文学艺术界领军人物，一个心存苍生的杰出画家，一个具有强烈事业心、责任感及过人组织策划执行力的专家型领导干部，一个气量如山、慈祥温厚的艺界学长，这便是马国强先生。

晴朗真淳拓大境

文＼郑志刚

满怀赤情地描写生活、社会、时代，是马国强绘画创作的主题；从火辣辣的现实生活出发，用晴朗扎实的笔墨创作出不落传统窠臼而又雅俗共赏的优秀作品，是马国强绘画艺术的重要特征。

读马国强的水墨人物画，每每沉浸于一种晴朗辽远的情境之中，登时身心俱澄澈。马国强苍辣简率的笔触，多年来游走在甘南藏区、福建惠安、苍莽太行、厚重中原，画作所呈现出来的坚实而高迈、细腻而奔放、赤诚而坦荡的超拔品格，彰显了一位优秀艺术家迥出俗流的惊人技艺与雄阔襟怀。

在中国画界，小写意水墨人物画因其强烈的写实主义特性，创作难度人所共知。马国强数十年钟情于斯，勤奋耕耘，夙兴夜寐，未尝有片刻动摇。为了精透传统笔墨技艺，他奉速写为日课，口袋里常揣着小本本，一有机会便就地取材勾描不止，积累了成千上万的鲜活画稿。在繁忙的公务之余，马国强见缝插针砥砺笔墨，对传统技法孜孜以求，积沙成塔，汇流成海，终有今日之洋洋大观。

马国强水墨人物画艺术最鲜明的特点，是善于在平凡中开掘人性之大美。无论取材于民族风情区域还是中原腹地，他都以关心民族命运和万众忧乐的情怀，去采撷生活中的动人表情。马国强是今日画坛深具悲悯情怀的人物画家，他的作品饱含着鲜明滚烫的赤子情怀。他以炽烈的情感、奔放的线条、真淳的人物、晴朗的笑容，为画坛吹进了浩浩春风。他那灵动的笔墨、涩辣的线条、准确的人物造型、生动饱满的构图、扑面而来的生活气息，无不使人耳目一新感怀振奋。马国强作品简练、概括，芟除了诸多繁枝缛节，在强调明暗和体积感的基础上，着力突出人物的晴朗健康状态及笔墨的流畅自然，作品气格由此高蹈大方。

国画之高下，关键在笔墨，马国强深谙个中三昧。放眼当今，能使画中满溢晴朗真淳气象者寥寥。马国强笔下的人物形象，严谨精能、技艺超群之外，"晴朗真淳"的情性内质，每令人油然而生感动。

感动背后是作品精湛的写实性在作支撑。对水墨人物画"写实技法"超乎寻常的强调，构成了马国强绘画艺术之坚韧脊骨。这种认识有着渊深的美术史背景。20世纪中国画变革的显著收获，首先表现在水墨写实人物画方面。由徐悲鸿、蒋兆和开创的水墨写实风格人物画，力矫古代日趋衰落的写意人物画"竞尚高简变成空虚"之弊，冲破各种笔墨程式的束缚，师法造化，直面人生，把体物精微的素描引入了"启物象形"的技巧之中，极大地提高了水墨人物画的造型能力，密切了人物画与现实生活的关系，刷新了中国人物画的面貌。

写实手法在造型上给水墨人物画造成的突破，也带动了笔墨的相应变化。可以说，写实水墨人物画的笔墨语言是围绕着造型展开的。在如何表现人物的复杂结构、空间、体积关系、光影变化时，笔墨不得不作大的调整。马国强在这方面积累了诸多仅属于他的独家经验。他用笔简练传

苗寨阳光　68×68cm

神，笔势笔趣质朴平易，人物情态乐观健朗，尤其在人物面部与手部的刻画方面标领风骚。

分析开来，骨法用笔乃马国强笔法之基，他借写实造型方面的过硬功夫，融汇山水画的皴擦点染技法，画面质朴深邃，笔墨精能娴熟，人物形象生动，在丰富水墨人物画的表现方法方面颇有创造。近年来，他的人物形象刻画更为细致入微，笔墨也愈加与物象汇融而一。尤其是新近创作的系列组合式人物横卷，作品气势贯达而又仪态万方，细而不腻，细而不碎，细而不巧，朴素无华，充满内美而又意味深长。

在马国强看来，所谓画家，尤其是人物画家，手艺人而已，而做个好的人物画家，玩出一手"绝活"，又何其之难！对于一个人物画家来说，没有比拥有一个清醒而积极的人生态度更重要的了。人物画家应该是入世的，人物画家的作品如果不能反映他所生活的那个时代的特征，是令人扼腕的。历史上水墨人物画是个薄弱环节，远没有像山水画那样发展到"画法大

蓝天白云　120×120cm

备"的成熟程度。在表现丰富多彩的生活场景、深度刻画当代人精神内质等方面，没有多少固有的笔墨程式可供借鉴，一切都要靠自己动手去研究，去探索，去发展，完善人物画里一些纯技术性的问题。

采用写实手法，关注当代，寻找拓展人物画的可能性，画自己比较熟的题材，可以在创作过程中减少阻碍，驾轻就熟地把握传统中国画的特质。数十年丹青生涯，马国强在写实的天地里，越往深处钻探越觉得山重水复兴致勃勃，越来越觉得摆脱了"文人画"桎梏的中国水墨人物画天地可用武之地多多。

而最最根本的，是根深蒂固的平民意识，必将使马国强的艺术目光永远向下，永远与平凡、普通连在一起，更关注芸芸众生艰辛中的达观、劳作中的充实、眉宇间的真淳、举止间的健朗，而这些，正是东方艺术之崇高大境。

漫话马国强

对话双方：韩学中　郑志刚
对话时间：2006年6月5日上午9—11点
对话地点：郑州市经五路中段某咖啡厅临窗雅座

郑志刚：对马老师其人其艺，你应该有很多话要说。

韩学中：就我个人而言，马老师是我的授业恩师，是我人生、艺术道路上的"贵人"。在马老师身上，我获得的教益是受用终生的。从十三四岁开始，我就跟着他从静物到石膏再到人物头像，学习严格而正统的学院派素描。他是个对人生事业有着强烈责任感、情深义重的人。在他的持续鼓励、关注、扶持之下，我考入河大美术系，毕业后从周口的一家企业调入河南画报社，到今天成为省书画院的专业画家，如果没有马老师，这些是不可想象的。

现在我还清楚地记得，当年在河大读书期间，他特意到学校看我。毕业工作后，由于我在美术创作上有了一定成就，出于爱才之心，身为河南画报社副社长的他，驱车数百里，亲自找到周口我所在的厂里，问我有啥打算，想不想到郑州去。他的话语充满了关切。在河南，他对美术人才的发掘和提携有口皆碑。往往一个偶然的机会，他发现一幅优秀作品，就不怕麻烦多方打听到作者本人，不管是深山远乡还是曲街陋巷，多亲自登门，问寒问暖，尽己所能地提供帮助。可以说，目前活跃在河南以及走出河南的美术界的中坚、大腕，不少人都受到过他的关照与培养。但这些感人的故事，他从不愿提起。有人提及时他总是摆摆手说，不足挂齿不足挂齿。

至于他的艺术，这么多年来，能在繁忙的公务夹缝中保持创作上的精进如斯，至少在我看来，有点不可思议，简直就是天才、奇才！当然他的勤奋是超常的，在我的印象里，每逢星期天或节假日，他不是外出采风，就是闭门谢客埋头搞创作。那一本本一页页满满当当的速写本可以作证，那一件件陆续推出的新作可以作证，他究竟为艺术倾洒了多少汗水！

郑志刚：如果要用几个最简单的词儿来概括马老师其人，我想听听你的答案。

韩学中：务实、敬业、爱才、重情、恋旧。他非常善于站在别人的角度想问题，非常珍惜真淳的情谊。他为别人的付出是不求回报的，于他而言，助人已经成了一种思维惯性与行为惯性。

郑志刚：马老师在当下国画界的独立价值，你怎样看？

韩学中：从速写直入水墨，甚至用水墨直接将速写"搬"上画面，马老师的作品把握住了一个很好的契合点。他把国画传统笔墨和现代速写进行了完美结合，既有笔墨神韵，又有写实根底。

他非常重视书法入画和对线的本体语言的纯化与强化，这在他近期推出的新作中非常明显。在水墨人物速写这条路上，黄胄先生是拓疆者。黄先生仙逝后的今天，马老师可谓当代中国水墨速写人物画为数极少的传承人物之一。同时他在强调线本身的书法质量方面，又与黄先生拉开了一定距离。这就是马老师在艺术上的独立价值所在。

金色高原

金色高原　136×68cm

郑志刚：马老师新近创作的一批水墨人物长卷，气象宏大、技法精湛、笔酣墨饱，很是令人震撼。上面你对马老师艺术的评价，在这批作品里应该有着更充分的反映。

韩学中：这批作品挥洒自如，水墨淋漓，非常传神。那么多人物集中起来画，若没有扎实的写实造型功夫和深厚鲜活的现实生活积累，是无法想象的。这和他数十年如一日的勤奋笔耕是分不开的。他常说：妙手尚且"三日不弹，手生荆棘"，何况我等凡夫俗子！所谓美术者，制造美的技术也，没有一手超乎常人的过硬技术，而只会空谈思维理念、奢谈水墨试验者，尽可以成为哲学家、美学家、理论家，但不会成为画家。画是给人看的，质量才是硬道理。技术是一位画家成功的根本前提。

马老师始终清醒地把造型放在绘画第一位，在型的范围内，他以最大的功力实现创作表现上的高度自由。一方面日复一日地以速写的方式记录生活感受，另一方面准确地反映创作的主题思想。毋庸讳言，我认为当下国内坚持写实人物画本体语言探索的画家已所剩无几，国画界正面临着正本清源的关键时刻。而马老师所坚持的道路，无疑是一条激浊扬清的康庄大道。

郑志刚：在马老师的作品里，我感受到了细节表现的魅力。他在水墨人物细节的处理方面，比如眉眼、手脚等局部，都有令人惊叹的准确性与穿透力。在大量的优秀细节支撑下，我发现，即使抽取了他画面上全部的水墨，留下的仍然是一幅杰出的速写。

韩学中：打开马老师的画卷，扑面而来的是滚烫的现实生活气息。他的画之所以生动感人，主要是生活的源头活水始终不竭，这跟闭门造车、浪得虚名者划清了界限。在艺术上青灯孤影、焚膏继晷这么多年，他浩荡的才情和扎实的技法，在提按转折、点皴勾勒、中行侧逆、横扫竖抹之间，得到了淋漓尽致的表达。

说到细节积累，不知你注意到没有，他的彝族女系列画幅中，人物头上戴的、脚上穿的，往往是旧军帽、旧军鞋，这些可都是当地人接受的国家救济物资呀。咱想想看，这些真实而动人的细节，如果没有实地采风，单凭坐在书斋里能想象得出来吗？

郑志刚："熟能生巧"这四个字，在马老师的作品里体现得很充分。

韩学中：当画家的心灵在伴随着规律放歌的时候，就产生了灵感。有了奔涌的灵感，就会有神妙的艺术作品诞生。

郑志刚：取得了如此成就，马老师还常自称为"画匠"。

韩学中："我只是一个画匠"这句话，每次从马老师口中说出来时，我听上去都感到韵味十足。很有意思，很微妙，很有层次感。我个人把这句话理解为，他是在用一种低调与谦和的态度，对国画界的虚浮作风作有力的批判。你想，如果连马老师这样卓越的画家都成画匠了，那么，那些自我标榜、追风逐浪、耐不得寂寞下不得苦功的从艺者，又以何自居呢？

郑志刚：你的认识果然独特。据说更独特的是，你曾巧妙地改用了王国维的"治学三境界"，将马老师的创作生涯切分为三阶段。

韩学中：你来听听我的切分有没道理。马老师艺术创作的第一阶段是：昨夜"文革"凋碧树，独上高楼，望尽写实路；第二阶段是：现实主义终不悔，为伊消得人憔悴；第三阶段是：众里技法千百度，蓦然回首，水墨速写，却在灯火阑珊处。

郑志刚：愿闻其详。

韩学中：第一阶段指1982年前后，马老师被抽调到文化部中国画研究院进行创作研究，这几年的作品，构图庄重，创作严谨，造型方整，尽管还留有无法回避的文艺为政治服务的烙印，但却不失艺术规律的真美。这时期的代表作有《十里长街哭总理》、《少奇和我们》、《春暖》、《山雀》以及大量的连环画、年画、插图等。

第二阶段指20世纪90年代前后的作品。这一时期，他投入了大量时间和精力深入生活。先后到闽南、湖广、云贵、甘南、西藏等地采风、写生，搜集了无数生活素材，进行了大规模创作。其中的大部分作品都是根据生活速写完成的，从这时起，他对笔墨语言的探索更加明确，把绘画当成一种劳作而非"墨戏"，坚守笔墨传统底线，又向西方"借光"。以丰富的用线和皴擦相间的水墨风格、饱含感性的笔墨语言塑造形象。特别是对线的处理，见笔见势，颇具书写意味，渐渐形成了他自己的人物画面貌。这一时期，他先后在郑州、苏州、台湾、香港等地举办个展或学术交流活动。这一时期的作品是沉稳的，创作心态是平静的。代表作品有彝族系列、农民系列、民工系列、惠安女系列，如《凉山》、《上河工》、《进城》、《打工妹》等等。

第三阶段是近这几年，是他艺术拓展的重要时期。我想，应该是他继往开来的时期。他的作品在这一时期有一个突然的转向，从笔墨语言到绘画风格，突转为犀利；从造型平实自然转为洒脱飘逸。那种用笔疾速、下笔不疑、不了了之的水墨速写气质凸显而至，扑面而来。他着力关注身边的社会焦点，关注现代人的生存状态，关注农民的喜忧，信手拈来便是创作的主题。他在画《傣寨春绿》、《惠安轻风》的同时，忽而转向《蓝天白云》、《八廓街》、《山鹰》，继而又伏案《达摩面壁》，芸芸众生，世态炎凉，如浮云过眼，一股无奈与惆怅浮上心头——《人世》在恍惚之中涌现，转而进入《山路弯弯》、《阳光融融》、《唐人诗意》、《清秋》合唱，激荡着时代史诗般的交响！

郑志刚：在马老师的作品里，我还发现了一种晴朗正大的气象，简洁、朴厚而又昂扬向上，很激发人。后来我猛然想到，这是不是我们常说的"中原之气"的贯注呢？我猜想，在马老师内心，他应该是对河南、对中原、对黄河嵩山，这其中包含着的人文精神，是非常有自信的。

韩学中：我一直认为，和海派、长安、金陵、岭南、津京、东北等区域比较而言，河南的雄浑大气是异常突出的。在中原精神的滋养之下，河南美术界出了谢瑞阶、贺志伊、马基光、叶桐轩、李伯安等，马老师也是杰出的一位，有着不可替代的独立价值。

如你所言，马老师有着充分的河南人的自信。他除了强调传统绘画技法，强调基本功，就是强调河南人要自信、自尊。对源远流长的中原文明，他有着特别的自豪。这种自豪使他的画面气象雄阔，气格非凡。

郑志刚：可以说，这么些年，对河南的美术事业，尤其是国画事业的教育发展，马老师默默无闻地做了大量具体工作，真的是功不可没。

韩学中：马老师不仅是一位造诣高迈、风骨独标的杰出画家，也是一位有着强烈集体责任感和出色策划组织能力的领导者。多年新闻、行政工作经历，使得他在个人艺术创作之外，组织、实施了一系列轰动全国的文艺活动。"大河上下——全国著名画家邀请展"、《厚重河南》系列书籍、河南省国画家协会的各项活动等等，都浸透了他的智慧和心血。在发现、培养、提携河南美术人才方面，他更是有口皆碑。生活中的他谦虚、低调、随和、朴实，可一旦面对事业，面对集体荣誉，他必竭尽全力而为之。

郑志刚：河南美术界必将因为马老师而更精彩。

韩学中：这是无可争议的。

马国强：
"新闻式水墨"拓疆者

文\郑志刚

  我无意就"新闻操作"与"文艺创作"之间的"可嫁接性"课题，去作螺栓扣丝般的对应求证，那是跨领域跨学科研究者的事情。但既然"散文式新闻"（文学与新闻嫁接成果之一）早已被"事实为尊"的新闻界所接纳并大量实践，那么，"新闻式水墨"就该有隆重面世的充足理由。

  我谓"新闻式水墨"，特指在新闻操作具体方法与写实派中国水墨人物画创作过程之间所发生的相互渗融现象，一如宣纸上的水、墨、色激发，或若瓷窑里的火、泥、釉幻变，不说气象万千惊魂醉魄，亦足堪绕梁三日余韵不散。

  毫无疑问，马国强是中国"新闻式水墨"艺术领域的拓疆者。单就艺术取向而言，在写实主义水墨人物画创作这条路上，早有任伯年、黄胄诸贤，而马国强的"唯一性"在于，自觉与不觉间，丰富的"新闻雪水"长年累月一直在不倦灌溉他的艺术绿洲。总结起来说，两栖身份、博爱情怀，是马国强的创作间架；而新闻手法、艺术态度，则凝成了马国强的创作血肉。

  北宋林逋梅妻鹤子，以此打量马国强，新闻与艺术，正构成马国强人生杠杆之两极，平衡和谐中有正大光明气象，一如他健康凝练的画风。在新闻与艺术之间，马国强身上有不少鲜活的日常话语细节可资记取，比如"《大河报》是我满意的一张大画"、"新闻是热土，艺术是绿地"、"新闻工作使我无法远离社会与时代，便于我理解人生，因此也使我比其他画家多了一份新闻敏感式的切入，对于像我这样从创作思想到表现手法都是写实主义的人物画家来讲，不无裨益"、"许多作品都是我在夜班等待审阅报纸清样的空隙里草创的"、"干新闻时间长了，搞艺术喜欢踏踏实实地，艺术评论喜欢实实在在的"，如此等等。

  可以肯定的是，无论今后职业身份是否另有变迁，新闻与艺术，具体来说是"报人"与"画家"，都将成为马国强此生挥之不去的生命方程元素。而具体分析开来：新闻操作中的务实作风，使马国强在艺术创作态度上始终冷静理性不慕虚荣力避狂躁；新闻操作中的实证思维，使马国强人前多以"画匠"自谦，人后长年日课"速写"；新闻操作中的中立姿势，使马国强在艺术上和涵包容八方取长，既强调技法坚实又力求意境超凡；新闻操作中的简朗风格，使马国强的画作构图清整大方、线条凝练遒劲、水墨枯润合度、设色明净素雅；新闻操作的内容来源，使马国强的画笔数十年浸泡在鲜活泼辣的现实场景之中，展读他的画卷，热烫烫的生活气息扑面而来，朴实晴朗的氛围足以打动每一颗善感的心灵；新闻叙事中的细节强调，使马国强笔下迭见精微，尤其是人物面部与手部细节的处理，直线、折线、弧线、短线、长线、空间、水墨，瘦劲而腴润、简率而丰富，耐得再三品咂，教人回味无穷；新闻操作中的急就随机属性，则使马国强在长年繁重琐细的日常工作中练就了见缝插针的惊人创作模式，他每每在放下电话听筒的瞬间掏出速写本，或乘着极短的会议间隙迅速到办公室布帘子隔开的画案上完成某处细节勾皴。如上种种，纵览国内，能有几人！

对绘画技法异乎寻常的重视与令人惊叹的求索，是马国强艺术创作中最为突出的"新闻特征"之一。字、词、句构成一篇篇稿件，点、线、面织就一幅幅画作，积沙成塔，积腋成裘，汇流成海，滴水穿石，强调的是坚忍不拔的意志与三九三伏的硬功，而"匠人"、"手艺"、"绝活"一类词汇，高频率地闪烁在马国强唇边，则其致一也。画界同道对马国强数十年如一日的技术"苦禅"，人人钦佩不二；马国强"做一个有想法的匠人"的从艺理念，也正影响和已经影响了一大批人。

在我看来，陈洪绶作品有"宗教味"，任伯年有"市井味"，黄胄有"民族味"，马国强作品则有浓郁的"新闻味"。至此，于马国强而言，"新闻"一词，已脱出形而下的确指范畴，升腾为一种艺术泛指符号，旨在对应马国强所特有的健朗朴热的画风及谨严务实的艺念。这是中国美术界一道由职业嫁接所衍化而成的独特景观。在甘南藏区、在太行山麓、在黄河滩涂、在打工潮涌动的都市，马国强敏锐的笔踪时有勾留。你甚至很难想象，他究竟是怎样快刀瘦马地从一大堆新闻业务中脱身转而去挥运纸墨的。就像传说中的崂山道士一样，他在一堵厚墙所分隔的两个看上去不大相干的领域纵意所如地穿梭往还。只有画家自己知道，其实每一幅作品背后都浸透了汗水。据马国强讲，他常常在难得的双休日飞机来去，在工作地和遥远的采风地之间，拍照、速写、交流、凝思、创想，紧张如一只鞭下的陀螺。

"咱这算啥呀！"在我对面的椅子上，马国强用这句话来对应自己的业绩。2006年春天的这个傍晚，54岁的马国强腰背略弓，双目隐含疲倦，头顶夹杂白发，但谦和诚恳的笑容，却始终荡漾在双颊，一如他画中人物随处可见的晴朗表情。

会当水击三千里

——关于马国强一批现实主义新作的对话

对话双方：杨天才　郑志刚
对话时间：丁亥早春
对话地点：郑州市丰庆路北段桃园

郑志刚：今天是个难得的晴朗春日，天才，你瞧这阳光和暖，鸟声上下，真是令人心旷神怡。在这样的环境里谈论马国强先生的艺术，我觉得真是再恰当不过了。马国强先生的艺术及人格，给我们的感觉一直是宽阔而朗澈、坚毅而乐观的。在他的作品里你读不出忧愁与颓丧，在他的作品面前，任谁都会从心底激荡起灼烫的暖流，在嘴角展露会心的微笑。

杨天才：志刚你的感觉很到位，我们做艺术评论、整日拨拉文字的人，要说几句应景的好听话或许并不难，但我们真的从内心深处渴盼有深度、有强大精神感染力的优秀之作的出现。在好画家和好作品面前，一个真正意义上的评论家的心灵，是颤抖着的。马国强先生近期推出的《建设者（农民工）》、《雪山之子》等一批现实主义新作所带给我的震撼，至今都没有消弭。

郑志刚：马先生这批新作里面，《建设者（农民工）》是具有代表意义的作品。今天，我们不妨就从此作入手，交流一下彼此的观点与感受。在我看来，无论是题材、笔墨深度、艺术作品与时代生活之契合程度，这批新作都达到了一个前所未有的新高度。这批新作在小写意水墨人物画界所具有的独立意义与价值，引发了我长时间的思考。天才你参与了马先生这批新作展览及研讨会的全过程，还就此专门写了文章，你的感触应该尤其深刻。

杨天才：应该说马先生近期这批创作，无论在笔墨场面上还是思想深度上，较以往都有了明显的飞跃。尤其在作品的思想境界上，更是一次大的升华。先从《建设者（农民工）》这幅作品说起吧。我记得当时在展览现场，这幅巨画几乎占满了一堵墙。你抬眼看去，哎呀，哗的一家伙，那种鲜活滚烫的时代气息和生活气息扑面而来，你立马就被裹挟其中，心怦怦直跳。尤其是画幅最前面那几个刚刚进城的农民，接近真人大小，活生生就站在你面前。让你感觉这几个人好像在哪儿见到过，亲切得很！马先生就是以这么几个人，有力烘托了千千万万个基层劳动者的精神面貌，有着极强的艺术概括力。

郑志刚：画面所泼溅出来的那种排山倒海般的气势，前排人物那沧桑黧黑的面庞，对比着晴朗真淳的笑容，叫你想不震撼、想不感动都难呀。

杨天才：那种宏大的场面，让人印象非常深刻。无论从章法上、构图上、笔墨上，这幅画的难度都是明显的。这么一个宏观的场景，画家如果把握不好的话，可想而知会是怎样的尴尬与遗憾。可这幅作品是这样聚散有度，详略得当，可见画家对作品的宏观掌控能力有多么强！这幅画远景、中景、近景，大大小小几十个人，每个人的神情、动作，都各不相同，单这技法

苗乡秋歌　136×68cm

苗寨欢歌　68×68cm

难度就让人望而却步。而马国强先生，在宏大场面的铺排中，却能够达到一种乱而有序，过渡得非常自然，表现得非常真切，你想不服气都不行。尤其值得提及的是，据马先生自己介绍，如此一幅鸿篇巨制，他竟然是在一张不足两平方米的简陋书桌上，画一点卷一点逐次完成的！在这里，我们不能不为画家过硬的造型能力以及对画面的把控能力所由衷叹服！在这幅作品面前，我真正感觉到了自己语言的苍白无力。

郑志刚：关照宏观而又不失细节，致广大复能尽精微，是《建设者（农民工）》给我的另一突出印象。

杨天才：马先生是细节刻画的高手，这点在美术圈里是公认的。其实一件作品之雅俗高下，明眼人都会有一种强烈的直觉。这就好比有经验的中医坐诊，搭眼瞅一下面部气色，马上就知道病在何处。还有咱们文博界的徐邦达老先生，看画只须展开半纸即可真伪立辨，听上去怪玄乎的，其实这就是大师的眼力。好的鉴赏家有一双慧眼，同样，好的作品也无时不在张扬着磁力。马先生作品所带给我们的震撼，即是这种磁力的表现形式。而震撼是通过一个个动人的细节所构筑的，在《建设者（农民工）》中，昂首阔步的农民工眉宇间那种淡定与坚韧，衣着上透露出的朴素与艰辛，都很完美地被画家表现了出来。这样的观赏对象所给予我的感觉，一如罗中立笔下的《父亲》，那双善良的眼睛，那种眼巴巴的眼神，那双皴裂的大手，都引起了恒久的心灵震动。看着那双手，我们会想起自己曾经遭遇过的很多劳作在土地上的农民，想起我们躬耕田间的祖辈。让你感觉特别亲切，萌发了一种对人生不易的感叹，产生了强烈的审美共鸣。

郑志刚：马国强先生这幅《建设者（农民工）》中，饱含着浓浓的现实主义创作情愫。现实主义与时代感，一直是支撑马先生艺术创作之坚强脊骨。在深入现实生活方面，马先生可谓不遗余力穷研深探。这么多年来，他的画笔从未有过片刻懈息，即便公务如麻应酬不断。所以我常说，若从根子上论，马国强先生首先是一个优秀的画家，然后才是其他社会角色。

杨天才：若要往深处说，《建设者（农民工）》这幅画的特点，我认为有这么几个方面。第一，立意特别高，就像你说的，有很大的现实意义。农民工生活在社会底层，很长时间以来，他们一直处在被书画界遗忘的角落。现在不少画家，不是热衷于高士贤人，便是沉迷于青春靓女，整日价关在书斋里闭门造车。高士和靓女当然也是不错的题材，但作为一个生活在火热现实中的人物画家，笔墨起码不应当长期游离于现实之外。只有热情而持久地关注当下、关注身边、关注生活，艺术才有不竭的源泉。这方面，马先生绝对是个榜样。他是个总愿意靠作品说话的人，不爱动辄对画坛指手画脚地发议论，他只是埋头画自己的，他时刻都在感受着时间不够用的压力。他积极记录生活，把自己真实而独特的感受，浓缩在画面上。我认为一幅经得起推敲的好画，至少应该具备三点：很高的技术含量，很真的情感内质，很大的社会意义。在马先生的画面上，这三点是显而易见的。

郑志刚：在当下国内小写意水墨人物画界，马国强先生艺术之独立价值，首先在于他的用线。他的线条，简洁苍辣，如绵裹铁。如果仔细观察，你会发现他的线条是凸出于纸面之上的，很有点王原祁"金刚杵"的感觉。马先生的艺术起初多受徐蒋体系影响，后来转而黄胄、任伯年，近年来苦心毕力，融会贯通，脱胎换骨，破茧而飞，铸就了全新的个人面貌。现在看他的线条，已经谁都不是，单属于他自己了。

杨天才：一个"融"字，含进了艺术探索多少艰辛的血汗！在融的过程中，艺术发生了质的变异。对于马国强先生，在这里我还要强调一个"变"字。他是一个在艺术上永不知足的人，三天就想一变，五天就有一个新想法。变则通嘛，他现在还不到六十岁，随着年龄的增长和积淀的进一步渊深，我预感到他还会有大变。

郑志刚：我一直在关注马先生画作水墨本体的特色，以及他在当今画坛的价值、位置和高度。我想这个课题我会持续做下去，因为我对此兴趣日增。每次我看到马先生的线，都有一种很韧性、很筋道的感觉。可以说他的线，准确性是极高的，一笔下去，立分阴阳，很有立体感。线条之外，他的水墨也极其动人。在我看来，他水墨的总体格调是淡雅从容，清健中不乏丰腴，干湿浓淡的临界点把握得非常之到位，这是水墨实践异常丰富的画家才可能企及的境界。

杨天才：说到马先生的线，我个人总结有三点：鲜明的中国特色，高超的造型能力，高度的抒情写意性。我觉得这就是马先生区别于他人的独有线条。马先生虽不以书法名世，但他对书法非常重视。我记忆很深在省里的一次研讨会上，他就很认真地建议国画家们要多练书法。他自己一直在坚持练书法，要不然不会有他现在高质量的线条。至于他的水墨，我感觉是配合他的线条而生发的。线条和水墨是相辅相成的，但他线条的个性相比之下要更突出些。

郑志刚：那种柔润华滋的水墨，那种发自内心的喜悦，那种困境中的坚守，那种晴朗高拔的整体氛围，构成了马国强先生的艺术经纬。但这一切都是自然的生发，在他的作品里你找不到矫揉造作的丝毫痕迹，我想这是一种很难抵达的境界。就像严羽在《沧浪诗话》里所说的："盛唐诸人，唯在兴趣。羚羊挂角，无迹可求。故其妙处，透彻玲珑，不可凑泊。如空中之音、相中之色、水中之月、镜中之象，言有尽而意无穷。"

杨天才：他的墨和线是交融咬合的，你没有办法去人为地分割。我觉得他是线为主导，墨随线走，墨起到一种烘托的作用。作画贵在自然而然，妙在有意无意之间。

郑志刚：马先生这批新作的取材，也值得关注。相比以往，他似乎对一种群体性的多人大场景极有兴趣。其实这样的取材是在给自己找难题，创作风险也很大。马国强先生很明显是在迎难而上。你看他这几幅作品，无论是雪山脚下长袖飘飘的锅庄舞，还是神态各异的《高原秋风》，或者拉弦挥板的马街书会，都是这方面的积极尝试。这种题材的极端例子是张择端的《清明上河图》，当然，徐蒋在这方面也有杰出的表现。

杨天才：这种大的题材的确很难驾驭，但我们在马先生的作品面前，却沐浴了晴朗阳光的照耀。这是人性之内美在打动着我们，这中间寄予了基层劳动者对栖居其中的家园的真切热爱。扩而大之，这更是一种动人的民族之爱。

郑志刚：为了更为深入地表达这种爱，在《建设者（农民工）》这幅作品中，马先生甚至连农民工肩负着的化肥袋子上的字，都交待得一丝不苟。一种沛然塞乎天地之大爱，就是在这样俯拾皆是的细节里，得到了完满的张扬。

杨天才：所以我们要说，即便在全国水墨人物画界，马国强先生也是当之无愧的重量级人物之一。

郑志刚：能有今日之高度，首先源于马先生对于艺术的执着与勤奋。为了保持日不辍笔，他往往黎明即起，在早餐前画上一两个小时。

杨天才：勤奋当然是他艺术成功很关键的一环，另外还因为他有丰厚的艺术学养。这么多年，马先生在艺术理论上一直孜孜以求。正是理论上的积累，成就了他今日作品深刻的思想性。

郑志刚：以上我们集中讨论了马国强先生的艺术，但只要提起马先生，谁都绕不开他这个人。他在艺术事业上的独善与兼济，在圈内广为流传。他对待美术人才那种如兄及弟般的炽烈之情，他在美术活动策划与组织方面的过人能力，他为推动河南国画事业多年来所做的一系列贡献，都使人油然而生感动。目前活跃在省内外的不少卓有成就的年轻名家，受过他提携、举荐的不在少数，诸如当年他曾为了发掘一个农村作者，驱车数百里的感人事例不一而足。为了国画事业之蓬勃兴旺，他牺牲了无数宝贵的创作时间，奔波呼吁，上引下联，终有今日河南省国画家协会之皇皇业绩。

杨天才：关于马先生，他在圈内外有着极好的口碑。让一个人说好并不难，难的是大伙儿都说好。这是马先生的巨大付出所赢得的首肯与尊重。这也是一个优秀画家在个人创作之外强烈的社会责任感的有力体现。以马先生之社会角色与名望，能够做到不仅乐于助人，而且乐于俯身下去关注比自己差得很远的人，这种品质太珍贵了，太稀缺了。关于马先生的古道热肠，我首先是感动，再就是敬佩。

山路弯弯　68×68cm

郑志刚：在马国强先生对河南美术事业所做的整体推动工作中，国画家协会只是其中浓墨重彩的一笔，更多的事情他做在日常默默无闻间。这是一种毫不掺杂个人功利的奉献，在某种意义上，这种画外的作为也反哺了画作，使艺术创作之台基更坚实，境界更脱俗。

杨天才：有了马国强先生，才有了河南省国画家协会。有了协会，才有了五次国画大展。每年一次的高频率大展，为河南美术造就了一大批创作中坚，推出了一大批新秀。作为中原画风的旗帜性人物，马先生为河南国画带出了一支苗壮的队伍，真的是功不可没。

郑志刚：这方面我举个简单的例子。李伯安先生生前，早在巴颜喀拉组画创作过程中，就引起了马先生的关注。他为之提供了力所能及的各方面支持，比如安排报纸和画报，多次对伯安阶段性的作品进行适时报道和发表，张罗对其未完成作品的研讨会等等，遗憾的是限于河南媒体的影响力以及河南美术话语平台之缘故，使伯安的成就未能在其生前在更大范围推出去。

骑手　128×123cm

伯安仙逝之后，马先生当天即在其任总编缉的报纸上破规格刊发了讣告，要知道，在一家官办
的报纸上登讣告是有级别限制的，而伯安却是一名连科级干部都不是的平民画家啊！当时马先
生为此所承担的风险至今无人知晓。随后，他又积极参与了呼吁美术界同道捐赠作品的活动，
并且是第一个把捐助作品送达的画家。在马先生身上，这样的事情真是不胜枚举，可他从未向
谁炫耀过。逢人提起，他只是微微一笑而已。

　　杨天才：你刚才讲的我听了很感动，一个地方的美术事业能不能发展，发展得怎么样，取
决于有没有一个乃至几个灵魂人物、领军人物。

　　郑志刚：在马先生身上，我发现了一个词儿，就是"敬事"。无论对艺术，还是对艺术事

远山　68×68cm

业，他都始终抱持着一种强大的进取心与责任感，不出成绩不罢休。这是他刚的一面，另外他还有柔的一面。他总是在用一种温暖而明亮的个人光泽，去提携和鼓舞着大家。所以我要说马先生是个典型的刚柔相济的画家，刚则壁立千仞，柔则海纳百川，我想，这也许正是他巨大的人格魅力之所在。

杨天才：深有同感。在这种人格魅力烛照之下，瞻望马先生的艺术前路，我们有理由坚信他能走得更宽更远，必将描绘出更加锦绣的蓝图。

郑志刚：让我们共同期待！

阳光融融 180×96cm

阳光高原　180×96cm

丁中一艺术简介

丁中一，男，1937年生于上海，祖籍江苏南通。1960年毕业于原浙江美院（现中国美院）中国画系，人物画专业，同年赴河南郑州艺术学院从教。1961年因国家困难，学校停办待处，其间曾在上海美专教学。1962年艺术学院下马，遂同学校迁至开封师院美术系，即现之河南大学艺术学院工作。现为河南大学艺术学院教授、硕士生导师，郑州大学特聘教授，中国美协会员，河南美协副主席，河南省文联委员，河南省文史馆馆员，河南省优秀专家等。并曾出席全国第七、第八次文代会及全国第六次美术家代表大会。

自幼受父亲影响（父亲毕业于刘海粟主办的原上海美专），喜爱绘画，在14岁时即由北京人美社出版连环画创作《团队的旗帜》一书，并被编者于序言中称誉为"天才儿童"。在美院期间（1958年）创作的《北方的三秋》一画，在全国巡展后被选送国外展出。并曾与周昌谷先生合作大型历史画《杨么起义》，该画后为北京中国历史博物馆展存。其后又曾为北京人民大会堂创作《月是故乡明》等5幅作品。又有数幅画作为中南海、中央电视台、中国美术馆等收藏。多年来创作成就斐然。如：中国画创作《八大山人》、《虚谷先生》、《青藤山人徐渭》分别入选全国七、八、九届美展，其中《虚谷先生》获优秀奖，《青藤山人徐渭》为中国美术馆收藏。《石涛》入选1997年全国中国画人物画展，《冬心先生》入选纪念毛主席延安文艺座谈会讲话发表60周年全国美展。出版有《素描技法论要》和《丁中一西部写生画集》等。1993年以来作品多次在中国台湾和德国展出，先后五次在德国举办个人画展，并得到当地的高度评价。画作与论文曾在《美术》、《国画家》、《书与画》、《美术界》、《中国画》等刊物上发表和作专题介绍。

丁中一：
独抱冰心类倒薤

文\郑志刚

　　丁中一画风与他的名字一样简逸高旷。在当下中国画坛，丁中一是一个孤零零的存在，读他的画有一种直攫灵府的震撼，即便是面对笑靥如花的少女。在深夜里读他的画，我脑海里闪过八大、渐江、担当、弘一、潘天寿，个个清高，人人孤迥。但丁中一就是丁中一，他和谁都不同。

　　上海人丁中一，早年求学于钱塘江畔，江南的灵异与细腻对他深有浸染。执教席数十载于北地开封，宋城的高贵与黄河的雄肆使他笔墨远俗。可以说，丁中一的每一幅画都是呕心之作，面对洁白的宣纸，他创作前的紧张感如春蚕啮桑沙沙有声。抱持着创作紧张感的画家，现下已稀如星凤。

　　创作紧张感，说到底，是画家内心与传统现实之间的一种对峙关系。出众的作品总是在矛盾与纠缠中诞生的，顺风梳柳式的涂抹注定只与泛泛之作相关。在丁中一的画作里，你找不到粗率迷狂的线条与歇斯底里的水墨，一切都紧凑而清洁、莹润而高拔。许多人在丁中一的画作前说不上几句话，捧场或者踩踏，对这样迥出尘表的作品其实是无所谓的。春天的柳絮控制不住要随风西东，而祁连山巅的冰川在酷暑时节依然坚挺不移。还有人私诽他画得过少，或者根本就不能繁复，凡此种种，誉谤相参，正说明了丁中一艺术已完全脱却非艺术评判因素之遮蔽，于画家而言，实乃幸事。

　　我把丁中一比作一株开在华北平原的高山雪莲。艳阳无力消融，反增其华彩；风霜不能摧折，愈助其坚劲。这是一位决不苟且的优秀画家，每运送一笔都如嫁女般切切怜怜。真正能够深入理解丁中一的人其实不多，伴随画家的是孤云独去闲。但我认为，艺术之高下每与时誉不相厮跟，黄河的泡沫就总漂浮在最显眼的表层。

　　究竟艺术本体，丁中一实为当下画界独得雪个神髓者。近些年，学黄宾虹的人最多，再就是八大、石涛了，但往往皮毛表象学得一星半点，细察内质却全不相干甚而谬之千里。高明的学习方式是"蚊吸法"，穿刺其表，直汲其里。"蚊吸法"是我的杜撰词汇，或不确实，却具形象，揭橥了一条秘而不宣的习艺幽径。执此法者，稽遛绳迹，无不潜龙跃渊、晴鹤排云，迥出俗流之外。在我看来，潘天寿得雪个之刚毅伟怪，丁中一则取其孤冷简逸而出以绵劲虚涵。丁中一艺术之"窍要"正在于此。形象点说，丁中一的操作手法是"太极拳式"，看似迂缓，实则完密，看似寡薄，实则丰盈，恰如深山至人，神气清癯却内力充脧。

　　能把画画得冷而高，是件了不起的事情。与俗情唱和者，注定与孤高无缘，但艺术孤高的

山水　70×70cm

画家却几乎注定了现世生存的些略寂寞。丁中一的个性使他蹇于仕进，亦无意于暴富，但他收获了沉甸甸金灿灿的艺术，此生足堪大慰。守得住自己，不敷衍笔墨，设若在古时，丁中一该是那骑驴寻梅的林泉之士。

丙戌年冬，我往访丁中一。在开封青灰色的城墙与夕阳老树之间，在孤塔自怜与夜幕垂野之际，丁中一是一个穿着羽绒衣、推着电动车、坚持要留我吃饭的慈颜长者。在平凡的街道上，他一样被车流市声裹挟淹没。可他杰出的笔墨与高拔的人格，任谁都不能不肃然起敬。

广西掠影　90×70cm

印度印象　90×70cm

基诺族老人

100×70cm

宋時江氏 書若先生雅正
个一

虚谷

152×92cm

傣族老人　90×160cm

新疆小孩 45×35cm

青稞熟了　45×35cm

谢冰毅艺术简介

　　谢冰毅，祖籍河北省宁晋县，生于开封。现为河南书画院院长、河南华侨书画院院长、中国美术家协会会员、河南省美术家协会副主席、河南美协山水画艺术委员会主任。

　　其作品曾获第六届全国美展铜奖，第八届全国美展优秀奖。入选第七届、第九届全国美展以及首届全国画院双年展，纪念中日建交十周年美展，全国首届山水画展。并参加过锦绣中华万里行——漓江篇、锦绣中华万里行——太行篇作品展，彩墨境界——中国山水画学术邀请展，南北山水展等等。

　　1985年为北京人民大会堂作壁画《嵩门待月》，1990年创作大型壁画《黄河魂》，2001年为北京人民大会堂创作《大河惊涛图》；2006年为中南海紫光阁创作巨幅山水画《黄河秋涛》；作品编入《中国现代美术全集·山水卷》、《1900-2000百年中国画回顾展》、《中国山水精神》；2004年获黄宾虹艺术奖，2005年获全国画院双年展优秀作品奖；出版个人画集10余种；2006年参加在马来西亚举办的亚洲新意美术展。

谢冰毅：
一山放出一山拦

对话双方：谢冰毅　郑志刚

对话时间：2006年5月18日晚8点至11点

对话地点：郑州市文化路北段谢冰毅画室"对竹堂"

"每次想起他，我就很遗憾，觉得没能让他生前好好享享福。他喜欢吃包子，吃烧鸡，真希望能够多买些给他。"

郑志刚：我注意到你原名为谢兵役。就像"解放"、"国庆"、"文革"、"红专"一样，这应该是一个时代特征很强的名字。除此之外，这名字听上去还特朴素、热诚、亲切，就像当年农村大娘悄悄给解放军战士做的一件新棉袄，粗布的，干净的，暖和和的。

谢冰毅：这个名字是我父亲听了人家的建议给起的。我出生那年，1955年7月，中国第一部兵役法颁布，顺势就有了这个名字。一直到我的作品第一次参加全国展览，用的都是这名儿。

郑志刚：可以谈谈你的父亲吗？

谢冰毅：我父亲三岁的时候就成了孤儿。在我老家河北，他穷得讨过饭，吃了很多苦。后来他参军、打仗、入党，转业后到了开封。父亲身上留下很多伤痕，有讨饭时狗咬的，有打仗时子弹穿透的。他最明显的一处伤疤在头顶，有一寸宽，七八公分长，是一次冲锋时留下的。这条疤后来不长头发，瞅上去白亮亮的。

郑志刚：父亲是军人，离画画这个行当好像远了点。

谢冰毅：我父亲没多少文化，但他绝不是个粗人。他会做箫，也会吹箫，箫一直陪伴着他的生活。他还会做家具，我们家的家具都是他亲手打的。他对知识文化有种特别的尊重。我画画，他很支持。他喜欢默默地看我画，一个大砚台，他会帮我很耐心地研一上午黑亮亮的墨。

郑志刚：应该说，父亲是你一世之精神遗存。

谢冰毅：是的，他目光中满含的善良、忠厚，每每将我打动。每次想起他，我就很遗憾，觉得没能让他生前好好享享福。当时生活困难些，如果是现在，可以更好地照顾他。他喜欢吃包子，吃烧鸡，真希望能够多买些给他。

"山顶雨后的柔情缱绻的云海，像洁白的棉花一样，大团大团地把山塞满，峰峦像是铁铸的——你看，这是刚柔并济的中国哲学大境呀。"

雪山红树图　134×68cm

郑志刚：冰毅这两个字，让我想起"冰雪林中著此身，不与桃李混芳尘"、"冰冻三尺非一日之寒"这样的句子，高洁、坚毅之感油然而生。

谢冰毅：这个名字之前，我的老师，开封武慕姚先生，曾建议我用"秉彝"两字，意在强调高古凝重之气，不过我最终还是用了现在这个，呵呵，其实我最看好的是"冰逸"。怎么说呢，名字到底只是个符号，更多地要靠个人努力。我这人很执着，认准的事就一定要做下去。上大学的时候，和几个同学去华山写生，当时条件很苦，没几天他们就撤了。我没走，独自在山顶上的石洞里，啃干馒头，喝白开水，晚上有很多蚊虫叮咬，还很冷，没丁点娱乐，我在那里待了20多天。中间也想过要放弃，特别是看到山下的火车站，车辆穿梭，灯光点点，真的是很想回家，不过我还是坚持了下来。等我积累了一大摞画稿回学校展出时，在大家的赞许声中，我感到了一种别样的充实。

郑志刚：就像王安石在他的《游褒禅山记》里说的那样，"入之愈深，其进愈难，而其见愈奇"，在华山，你一定发现了不一样的美。

谢冰毅：那些景色真是很特别。昼夜晨昏，阴晴风雨，大自然的美真是无处不在。山顶雨后的柔情缱绻的云海，像洁白的棉花一样，大团大团地把山塞满，峰峦像是铁铸的——你看，这是刚柔并济的中国哲学大境呀。大家都知道华山险峻，其实华山还有洋气、俏丽的一面，从远处看，它像拔地而起的一朵巨大莲花，高雅的姿态直上青云，而那一座座山峰，就是它骄傲地盛开着的瓣瓣莲房。

郑志刚：这么些年，你为艺术而壮游多处，足迹遍布大江南北，让你难忘的肯定不单是华山。

谢冰毅：给我留下深刻印象的山川河流很多，每次想起来我都很激动。比方说新疆的天山，植被丰富，四季冰川，冷峻而又雄浑。天山里充满了变幻之美，在这里，你会感受到一日过四季，十里不同天。有时候，你会觉得，天山很像是西方油画中的景致，洋味十足。

当然太行山也很不错。雄伟、峭拔、浑厚，这样的山川性格，我很着迷，沧桑感十足的北方汉子的那种感觉。我去过太行多次，次次感受不同，所以咱们说自然的魅力是无穷尽的。前些年，我曾经千里走单骑，一辆自行车从郑州到西安往返写生，过黄河，穿邙岭，宿王屋，饮渭水，到最后看看，深深地感到，经历了风霜的画稿，还是不一样，生活和艺术对勤劳者的赐予是实实在在的。

记得我在济源的王屋山写生，住在山顶守林人的小房子里。下大雪了，夜里只听得嘶嘶沙沙，早上起来推门一看，乖乖，银装素裹，万树妖娆。那些没落上雪的树和石头的侧面，是黝黑色的，日头是朱砂红，黄河在远处是蜿蜒着的一条丝带，我被眼前的大美震惊了，呆呆地站了老半天。

近这些年，各样条件都相对好了，出去更方便了，到近处采风的机会就更多了。有时候早起发现下雪了，我喜欢端一杯热茶，坐在客厅里，隔着窗玻璃欣赏院子里的几株雪竹，如果兴致再浓点，就招呼几个朋友，开车进山了。去得比较多的是嵩山，特别是雾天、雪天。可以说嵩山是我们家门口的一个宝，怎么看也看不烦，每次看它每次都给你新的激动。

"中国画创作的核心是人文精神的提炼，笔下之山水不同与自然之山水，应该是画家胸中之山水，这里山水的真实是艺术的真实，精神的真实，是形而上的。"

郑志刚：对写意山水创作来说，写生的作用是突出的。

谢冰毅：画山水画需要游历、写生，这让人心胸开阔，对大自然有更深的感悟，画也会有更深邃的意境，不过写生只是画好山水画的条件之一。中国画创作的核心是人文精神的提炼，笔下之山水不同与自然之山水，应该是画家胸中之山水，这里山水的真实是艺术的真实，精神的真实，是形而上的。在创作中，画面上讲究的是水墨意味，看到啥画啥不行，要知道写生只是个素材初稿。

画画需要强调的是笔墨味道。比如咱们听戏，欣赏一个角，听的是他的腔，看的是他的念唱做打，而不管他唱的是什么词、扮演的是什么角色。唱词和角色可以重复，但戏感必须一次一个样，不然就没意思了。画山水是一个道理，一千个人画华山，出来的是一千幅味道不同的画，自然中的华山在这里就只是创作的底料。所以我们要特别强调画家个人的气质、修养、技术，这才是核心的东西。画里有了你，你的思想、你的情感渗入到了纸上，画才有意思，才有灵魂。

郑志刚：谈起国画对传统技法的积累和锤炼，你曾经说过自己是个手艺人。

谢冰毅：艺术不仅仅要有思想，还要有技巧，扎实而丰富的技巧，是创作成功的保证。技进乎道、技以载道等等这些说法，都是在强调技法的重要性。柴可夫斯基的钢琴曲为什么那么著名，除了他在曲中所灌注的情感和思想，曲中高超的表现技法也是少不得的。在国画技法的掌握过程中，我们需要有十年面壁的苦功。

郑志刚：不知你是否注意到，现在有些画家喜欢用泼、染等手法"做"山水。

谢冰毅：身在这个时代，难免受流风影响，用现代方法进行艺术创作这很自然，也许10年之后，我的画风也会改变，以另一种你想不到的面貌出现。但现在，我在沉淀自己，让自己有更多的分量。人们学习传统的终极目的，是为了服务自我创作。创造出属于自己的语言和风格，这是很多画家孜孜以求的目标，但创新不能过于浮躁，传统根基扎得越深，创新才越经得起推敲。

创新是和时代密切相关的，不过我倒觉得艺术创作需要离时代远一点。所谓的"时代感"，很多时候是一种跟风，跟风多了，就会被时代埋没，丧失自己的思考和语言，因而，我觉得还是需要多一些"不入时流"的作品。

郑志刚：读了你分析龚贤的那本书，觉得你对先贤大家的作品还是很有对应感的。

谢冰毅：龚贤当然杰出，黄宾虹的画也很过瘾。读他的画，我总联想到西方那些印象派杰作。我感觉他的画里有很多莫奈、毕加索的味道，但他的画浑厚华滋，又是纯正的中国精神，这很有意思。

另外僧渐江的作品内敛、儒雅而峻拔，他的笔墨很从容、耐看。他的画很静，可以听到落叶的声音。

"我画画是一个博弈的过程，这个过程是失控——控制——再失控——再控制，这样的状态持续在整个创作过程中，直到作品完成。"

郑志刚：这两次来你这对竹堂，每次都看见丈二匹长卷铺在案子上，密密层层地已经画了一半，很是感叹你的勤奋。你说过只要没应酬，早六七点开始，你会呆家里画一整天。觉得你

荷塘清淑　136×68cm

五月江深草阁寒　134×68cm

作画应该是一种很稳健的状态，稳健中含着清雅，这是人生享受啊。

谢冰毅：提笔画画时心中会有一个腹稿，但画着画着就会有随机生发，墨的浓淡润燥、形的俯仰向背，都会出现一些意想不到的变化。这个时候就要借势而为，去修正，去拯救，去造险破险。拯救好了，继续画，又会出现另一个变化，就接着去拯救。因而，我画画是一个博弈的过程，这个过程是失控——控制——再失控——再控制，这样的状态持续在整个创作过程中，直到作品完成。

这就像下棋，面对对手，要时刻根据对方的招儿去应对。这盘棋越是跌宕起伏、难解难分，就越好看、耐看、生动、扣人心弦。对画家来说，他的对手就是笔墨纸砚。成功地驾驭了它们，就赢得了全局。

郑志刚：作画是个理性与感性交织的过程，你更强调哪一端？

谢冰毅：我作画不靠激情和灵感，灵感和激情也是不能坐等的。有时候，即便有了激情和灵感，也不见得能作出满意的画。画画要养成习惯，要有专业精神，要经常动笔，动笔了办法就多，感觉就会不期而至。这里我强调"拳不离手、曲不离口"的创作惯性，不夸张地说，这种惯性就是一个专业画家的造血干细胞。

我每天早早就到画室作画，在画室，看到雪白的宣纸，莹润的墨汁，整齐的毛笔，我就会特别兴奋，不可遏制地想要狂风骤雨地画。看着林木层峦从自己笔端跳跃而出，特别高兴、踏实。

郑志刚：我看你画室里除了笔墨，还有二胡、曲谱、葫芦丝啥的。

谢冰毅：我喜欢音乐。喜欢拉二胡，听钢琴曲，还迷着戏剧，爱着收藏。我用画外的爱好，养着我的画。一应这些业余活动的圆心，还是山水画创作。他们之间有相通的地方，我在这些活动中琢磨到的想法，很多时候可以用到画画上。

"读书能养气，书卷气能使艺术作品平添魅力。平常有各种各样繁杂的社会应酬活动，完了在书房里静静地品一卷书，能够迅速恢复脑子里的蓝天白云，激浊扬清嘛。"

郑志刚：从艺之路上，哪些前辈对你影响比较大？

谢冰毅：开封的武慕姚是其中之一。武老不仅是书法家，还是学者、诗人，在学术、艺术上都有很高造诣。他的字古雅、清高，气息纯正，笔力雄健，很了不起。在书法上，他对我影响不小。他曾对我讲过，唐以后的字不可法，我当时不以为然，现在越来越感觉到他是对的。

还有开封的贺志伊先生。他在艺术上的专业精神让我印象深刻。每次我去看他，总看到他在作画。

当然，学习、借鉴那些见不上面的前贤的作品，更是我必修之日课。我觉得，学习要讲点方法才好，不仅要师前人之技，更要师前人之心，不仅要学习他们的具体创作技法，更要研究他们的成功之路。知其然更要知其所以然。

郑志刚：看你书橱里满满当当的，又听说你是个不折不扣的书痴。

谢冰毅：我是很喜欢买书、读书。读书能养气，书卷气能使艺术作品平添魅力。平常有各种各样繁杂的社会应酬活动，完了在书房里静静地品一卷书，能够迅速恢复脑子里的蓝天白云，激浊扬清嘛。不过读书也得讲方法，尽信书则不如无书，对事情的认识还是要有自己的判断。

读书时，对某个朝代学术、艺术的整体风格、演进脉络，要有一个大致的判断。比如明清

白云风散尽 137×70cm

两代，文艺风格就有较大区别。具体来说，明浮薄奢靡，清务实严谨，所以明代兴心学，清代倡朴学。朴学的核心品格是博大而宽容，扎实而深入，文艺境界当然高蹈。

"正是因为人家都不坚持弄了，才让我显了出来。所以我认为坚持不懈是第一性的，白石老人说画道乃寂寞之道，现在我体会得比较深，你经不得诱惑，耐不得孤独，在艺术上是难出成绩的。"

郑志刚：艺术上能有今天的成绩，你感觉是什么在起作用？

谢冰毅：一个人取得成绩大小，和"发愿"的大小有关。发的愿越大，对自己期待得越高，就会越努力地往上攀，往前奔。我想今天自己能有这点成绩，最重要的还是自己对艺术的坚持，见贤思齐的想法很强烈。

其实上大学的时候，班里很多同学都比我画得好，天分也比我高，但他们大都没有坚持下来。所以我有时候会开玩笑说，正是因为人家都不坚持弄了，才让我显了出来。所以我认为坚持不懈是第一性的，白石老人说画道乃寂寞之道，现在我体会得比较深，你经不得诱惑，耐不得孤独，在艺术上是难出成绩的。

郑志刚：说到成绩，已经有人称你为中原山水第一家。

谢冰毅：这个称呼不敢当，我不是什么第一人。艺术上没有第一，只有受众多少的问题，并且受众还不是固定不变的。总之，画画不能有太多名利心。

对一件事、一个人的认识有多个角度，可以从多方面来看。佛家说真不离幻，实际上我们的认识存在着很大的局限性。比如对于我，认识和不认识的，会有各种看法。他们眼中的我，和我的真实情况可能很有偏离。也许多个人看到的我综合起来比较接近我，但也可能更不是我。

郑志刚：那咱就来个本真的，你怎样评价自己的画？

谢冰毅：我的画有自己的面目，不过我还不是太满意。我现在还处于爬坡学习阶段，我是个在路上的人。

郑志刚：你给我的印象是谦虚、随和、淡泊、幽默。

谢冰毅：人都是有贪欲的，表现程度不同而已。说一个人不慕名利，那是不真实的。人的一生中，会有各种各样的欲望，就是到了90岁，也断绝不了。只是对名利有人看得深，有人看得浅罢了，把自己装扮得很清高，动辄摆出一副与世无争、隔绝尘俗的样子，这很累。我也有狂进、冒进、浮躁的时候，顺利时也会有些小得意，不过到最后我还基本能够认清自己，认清自己还在路上，在过程中，还得扎扎实实赶路，路还长着呢。

郑志刚：好在你的朋友圈够广，赶路的时候不孤单。

谢冰毅：我的朋友圈子比较广，我和艺术家、政府官员、学者来往，也和街上的小商小贩打交道。碰上个拉架子车的，我也喜欢和他交流。我交朋友，不是看他从事什么职业，有什么经济、权力和教育背景，交朋友最重要的是要和自己性情爱好一致。

郑志刚：尊重他人也是尊重自己。

谢冰毅：要允许别人有不同于自己的生活方式与兴趣爱好，别老拿自己的尺子去度量别人。看人不能只看外表，拉架子车的可能有最伟大的人格，最有权势的人可能有最龌龊的灵魂，往往最可贵的精神品质不在最上层的人那里，而在最底层的劳动人民身上。

秋风秋雨　136×68cm

江乡春晓 136×34cm

谢冰毅:
对纸不施笔墨也无由

文\郑志刚

　　谢冰毅在对竹堂清幽恬适的空间里踱步,闪现在他脑海中的或许是云山松海,或许是杂事诸般。这是个被一摞又一摞事情包围着的中国山水画家,要想脱却重重羁绊可真是难。声名在外的画家,表面上神采奕奕笔歌墨舞,内心里有时候柔弱蓬松得如一团刚摘下的新棉。谢冰毅读过很多书,那些承载铅字的书页,有的铮展挺直,有的蜷曲忧伤,在他脑海里浮槎西东。这些深沉而潜隐的积累,使他对万物敏感而多情。窗外的菊花正开得灿烂,包纳着太湖石的竹丛在飒飒秋风中訇磕有声。如此这般,反映在画家的瞳孔里,所引动的心灵波颤一如发丝游走于赤裸的纸面。作画,这种纸笔与水墨的肌肤之亲,其实是一种再直白不过的人生哲学认证方式。在谢冰毅腕底,它们鱼水之欢的结果,便是一幅幅力作的诞生。

　　事情就是这样,过程再简单不过。

画家老谢说

文\郑志刚

　　2006年9月6日，丙戌新秋一个平常的上午，阳光还热辣着。谢冰毅早早起了床，在他阔大的画案前开始一天的劳作。日复一日，在毛笔、宣纸、颜料和水墨之间，发生着没完没了的摩擦与争斗。挑起矛盾并平息之的，是画家的手指，手指累并快乐着。谢冰毅，一个声名响亮的中国画家，在他"对竹草堂"静谧的画室里，朴实得与一个躬耕垄亩的老农没有什么区别。

　　我总认为，一个画家的相貌在内质上呼应着他的艺术风格。老谢不算俊朗却也端方，尤其那些昂扬上翘的胡茬儿更显风致，这确实是一张有特色的脸。笑有特色，笑起来如瀑石喧豗；静有特色，静起来如断崖凝冰；齿有特色，凌乱若担夫争道；目有特色，慧光蕴涵炯炯生神。老谢可能觉察不到，自己毫端之山水树石噌噌棱棱莫不如也。

　　一心向艺的画家老谢，不理窗外千般事，惟对修竹写襟抱，埋头做他的活儿去。如果你摁了"对竹草堂"的门铃儿响了不开，如果你拨了草堂主人的手机儿通了没接，可别急躁上火，那是老谢的活儿正在兴头上呢！

　　其实手头的活儿并不轻松。比如现在，画家的秋天充满了斑斓五色。秋天落在宣纸上，纸上的树枝儿脆了，树叶儿红了，山石冷了，草舍瑟缩而又寂寞，水鸟孤独清亮的鸣叫声传得很远。冷月如钩的夜里，江水深沉地流动，风声掠过林梢，任谁都要不自觉地想起欧阳永叔的《秋声赋》，想起久远的往事。我们的画家在勾描这些景物的时候，鼻喉间会涌上点点酸涩，这当儿，往往笔墨就停下来了，坐在椅子上喘口气儿，抿几口茶，抚抚胸口，才能稍稍平息悲悯的秋情。

　　创作中画家的神情甚至是紧张的，因为摆布那些纷杂的笔墨符号总要劳心费神。老谢长于书法用笔，提按顿挫顺逆绞拖，使画面线条爽劲中有含蓄、柔韧中有涩辣。读老谢的画如饮苦丁茶，深味浮动在再三品咂之后。读老谢的画宜在月明星稀的秋夜，秋夜是成熟后的默然、丰富后的简约，在大美而无言的秋夜里读画，读得醉意阑珊，你不再是你，恍惚中是那高天上的一朵云了。

　　"他们说咱是老大，咱就是老大！"——老谢自哂。

　　这称呼可了不得，找骂不是？

　　列位看官，且莫瞠目，来，先坐下来吸袋烟。单表老谢称尊，可是特有所指，并非喝酒过头一时冲动。据他说，咱河南人向呼"农民"为"老大"。省画院的专业画家老谢当然不是农民，但他祖父是，父亲也曾经是，所以他铁心认定自己根子上是农民，是个笔耕不辍的"砚农"。江山易改秉性难移，出入行止，老谢至今"民风炽盛"。艺术创作上，29岁即获

大河流日夜　198×70cm

全国大奖，依文人轻狂的毛病，他该舞之蹈之才对，可谁能想到私下里他曾数次弃获奖证书如敝屣。每逢对外宣传写简历，他最厌事无巨细罗列展览奖项一大串，总是轻描淡写一笔带过。在他看来，成名并不等于成功，事业永无竟时，泰山的挑山工正是不急不躁只管低头赶路，才挑出了双肩厚茧愚公精神。

老谢说，他日日作画天天读书，岂非老农锄禾日当午汗滴禾下土？他勤俭自爱珍惜纸墨，岂非老农春种一粒粟秋收万颗籽？他清茶待客素心对人，岂非老农开轩面场圃把酒话桑麻？如此这般，你说，"耕读传家"的老谢岂不正是一个地地道道憨憨厚厚的"老大"？

所以老谢说：此老大非彼老大，与黑社会老大无涉也！

呵呵，你瞧，名画家也有没正经的时候，可你细品，这调侃里可潜藏着智慧与学识咧。看了数不清杂书，抚了一摞摞碑帖，老谢的谈吐举止里随处皆可捡出金子。

既传统又现代，既中华又西方——老谢是个厚古爱今的画家。中国画家好把自己打扮得复古，又是对襟衣衫又是雕花烟斗的，老谢在这之外却还喜欢迷彩服、印着英文字母卷着线边儿的休闲T恤，还有周杰伦的歌方文山的词。老谢喜欢四僧四王，也着迷马蒂斯毕加索。老谢是个画家，也寄意于现代视觉设计。老谢醉心丝竹管弦，对影像版式亦多超凡见解。老谢是复杂的，多线条的，不是单一个"著名国画家"所能涵盖。

你瞧他在书房里春温秋肃的百般表情，可不是故意摆出来让相机拍的，都是他再日常不过的自然流露。老谢是个丰富的人，坦率的人，天真的人，冷峻的人，浪漫的人，忧伤的人，都是，又都不是，怎么说呢，是个谜一样可爱而又可敬的人。

想和他交朋友？那要看缘分了！你知道，缘分可是个怪东西。缘分到了，三言两语便成密友，缘分悭吝，见面再多也是陌路。老谢，一个傲骨铮铮而又和煦如春的画家，朴实平易其表，倔强热诚其里，处得劲了，他会乐呵呵地捧出美酒佳酿，再名贵也毫不吝惜。他最受不得孤酒独饮，一定要与知己好友"开琼筵以坐花，飞羽觞而醉月"方得一遭逸兴。

"对竹草堂"院子的设计很见匠心。青瓦灰檐、鸟雀啁啾、修竹飒然、怪石玲珑、藤蔓棚遮，秋阳在罅隙间徘徊流走，花草在阴凉里顾自闲愁。一个普通的单位家属院一楼，被摆治得再没这么熨帖了。

老谢常常隔着客厅宽大的玻璃窗，边品茶边赏景，雨打梨花深闭门。艺术与人生的取法，于老谢而言，出则万壑千山，归则草堂一统，心灵时刻都有可供栖息的胜地。太行、王屋、华山、黄山，都被老谢装在心里搬回来放置在这"对竹草堂"里。那些巍峨奇幻的峰峦，在草堂院子被画家作了一一对应。

深秋的晨雾里，瞧那块耸立着的怪石，妖娆奇峻，可不就是那令人神往的黄山莲花峰；那一竿直上、刀子叶虚空心的青竹，可不就是那西岳的郁郁松柏；那灰瓦霜落、冻雀声凄，可不就是太行云烟深处的农家屋舍！

如此这般，朝薰夕染，"对竹堂"内陶养着万千气象，画家胸中蒸腾着勃勃诗情。老谢的笔墨落在棉田般的宣纸上，老谢的脑海里幻化着艺术女神布下的海市蜃楼，锋颖沙沙如春蚕啮桑，茶烟袅袅若美人攀月，一幅幅精品就这样诞生了。

从郑州市文化路北段这条修长的胡同一眼望到底，就是谢家了。谢家在这条白灰刷体、墙头雨痕如徽州民居般的胡同的最东头。在谢家那段胡同的上空，铁丝棚架着老竹，那些看似柔婉的绿色藤蔓，像大渡河铁索桥上的战士们一样，顽强蜿蜒着它们的身姿。

这棚架，这藤蔓，这辆靠墙的自行车，斜跨上车的画家，构成这平凡秋日里一幅"靖节先生出耕图"，哎呀，酷死奴家了也么哥！

腋下夹着份《中国诗书画印》，耳畔接听着开封老友张富华的电话，画家甩开步子疾行如风。阳光洒落在他的短发上，水泥地摩擦着他的鞋底儿，一只麻雀嘲笑着他的休闲装，两边的白墙争着跟他套近乎，世界在画家眼里到处都充满了情味儿。

传说中的著名画家就是这样，散散淡淡而又急急匆匆，说说笑笑却也敏感孤独，一切都随缘而为。在老谢看来，凡事不可强求，做作必沦低俗，还是平平常常着好。画好了该高兴，丢钱了也淡然，苦日子过来的人还有啥子看不开！

写到这里我耳边又回荡起了老谢爽朗的笑声。老谢就是画坛上著名的老农，老谢的地种得好，老谢的炕烧得热，老谢的日子热烫烫的，稳实实的，做画家的感觉可真是好！

画家有啥了不起的，老谢说，首先要感谢如今这太平盛世。不必像那些生逢乱世的前贤们一样凄惶困顿，朝不保夕，老谢感觉命运待自己不薄。所以要不断地砥砺，不停地努力，不辜负眼前这满天满地的朗朗乾坤。

山知曲折，峦要崔巍，石分三面，路看两歧。溪涧隐显，曲岸高低，山头不得重犯，树杪且莫两齐——是的，如你所想，我们的画家老谢，日日徜徉于如上"曲直进退、显隐浓淡"之中，乐而不疲。老谢是属于画院的、属于家庭的、属于朋友的，更是属于纸墨的，纸墨是他涌流不尽的生命甘泉。一张张宣纸在他笔下摇身变为艺术品，一支支毛笔在他指掌间仰卧起坐，颜料与墨汁一管管一瓶瓶由充实而空虚，这时候主人翁老谢的心里洋溢着湖海般的欢悦。噢，My god！——我们的画家深情地抚摩着他的纸儿墨儿们轻声呼唤。

对竹堂明净灯光映照下的纸墨笔砚们，在我们的画家耳畔吹气如兰，那些含羞带露的诉说只有心闲手敏的艺术家能够听得懂。就像鸟儿只唱给朝霞、松柏只扶醉诗人一样，人、物之间所深藏的默契如长埋地下的乌金般无处不在。好多好多年以前，李白和飘游在敬亭山上的云朵们"相看两不厌"，稼轩则"我见青山多妩媚料青山见我应如是"，渊明采菊，米颠拜石，板桥师竹，苦铁抱缶，尽皆情种故事痴人传说。眼前我们的画家老谢亦复如是，且大有出蓝之势，真痴之大者！

"都云谢公痴，果无痴似谢公者！"昨夜，写过《湖心亭看雪》的张宗子托梦给我们的画家说。

议及张岱，记得此公曾有一隽语云"人无癖不可与交，以其无深情也；人无疵不可与交，以其无真气也。"善写那种风华绝代散文的张宗子，便是一位有癖、有疵、有真气的深情文人。返观画家老谢，尽管声名在外，却从不讳言自己"有癖、有疵"，从不把自己涂抹装扮成高大光洁的艺术圣徒，从不拿捏造作粉饰太平，倒时常操起他的开封乡音来一句"咱还差得远哩"！

老谢有癖，读书癖，金石癖，山林癖，丝竹癖；老谢有疵，居家不修边幅，作画爱开电视，谈吐偶尔带脏，旅日曾经插队；老谢最多真性，择友无论尊卑，腾达不忘故人，孝心如渊千尺，救急两肋插刀。老谢笔下"性情所至、妙不自寻"的水墨空灵境界，是否出自其"有癖、有疵、有真气"的痴者情性呢？

润物细无声　198×70cm

他地不论，在郑州市有实力的画廊里，老谢的作品总是显得醒目。实际上，他的画面并不大险大破极尽张扬，反倒膏润虚和平实自然。这样的作品看上去也许并不那么刺激，并不如冲天火炮瞬间炸响在碧蓝的高天，但这样的作品是容纳了千姿百态的豫中大平原。平原沧桑，平原木讷，平原憨拙，但平原宽博而浩瀚，任怎样俏丽妖娆的奇致野景，充其量也不过是它怀抱里的一枚别针儿。

画至今日，老谢走过了一条艰辛坎坷的求索之路，真个心志苦也、筋骨劳矣、体肤饿之，他的付出也许只有他自己才说得清。想当年，为一亲自然，老谢单车千里，履危涉险，过黄河，攀嵩岳，宿王屋，饮渭水，雪夜风吼，霜檐冰垂，一幅幅写生是一名热血学子领略造化的张张单据。印象深刻的一次，济源王屋山，他住在山顶守林人的小房子里。入夜雪飞，只听得嘶嘶沙沙，晨起推门一看，乖乖，银装素裹，江山多娇！那些没落上雪的树木和石头的侧面，是黢黑色的，而红彤彤的太阳又给它们涂抹上一层淡朱砂色光晕，黄河在远处是蜿蜒着的一条丝带。老谢被眼前的大美震惊了，呆呆地站了老半天。

忆往昔，华山之巅猿猱所栖之山洞，老谢冷水干馍地呆了好些天。日出月昏，石语松哭，寂寞与孤独饿狼般吞噬过他的心灵。每当夜色幕罩，山下火车站灯光点点汽笛声声，勾起游子万斛愁，令人恨不得立马飞返故里安享喷香的饭菜温暖的被窝。这些老谢都忍住了，最终他收获了厚沓沓的画稿与活生生的艺术。就像王安石在《游褒禅山记》里说的那样，"入之愈深，其进愈难，而其见愈奇"，在华山，老谢发现了不一样的美。那山顶雨后柔情缱绻的云海，像洁白的棉花一样，大团大团地把山塞满，峰峦像是铁铸的。都道华山险，谁识华山俏！从远处看，它像拔地而起的一朵巨大莲花，高雅的姿态直上青云，而那一座座山峰，就是它骄傲地盛开着的瓣瓣莲房。

这些年来，条件好了，老谢求索的步履未曾稍停。五岳、太行、黄山、天山，延而大洋彼岸欧美异域，山川风物地理人情，手挥目送之际，点点滴滴丝丝缕缕化为艺术养分，浇溉出纸上良田千顷稻菽如浪。游历之外，老谢深掘传统出入诸家，多年临摹古迹不绝，于逸、作两派无分亲疏，但能为我所用，皆尽力汲纳悉心化含。此其荦荦大者，若至委曲小变，则不胜枚举。入古既深，出新尤力，在浩若烟海的传统与独行幽径的个性之间，如何找到那条令无数画家苦苦追索而不获的秘密甬道，老谢呕心有年终得龙门一跃。而今你所看到的"处处无法"的老谢，正是"无处不法"老谢的极致状态。若俯首细究，眼前老谢不落科臼、清逸开张之山水佳构，既有北派高山大水之雄浑崔巍，又不乏洗濯身心之柔婉清丽，其钩心斗角、接笋合缝处，法备神旺，玩之无倦。由之可知，子思"致广大而尽精微"一说，诚甘苦之言也。

疏朗中见峻拔，乃老谢浅绛山水之核心品格。疏朗得辽阔高渺之势，峻拔有紧结密实之态，势态皆备，画道通达。刚柔相济动静互参的道理，老谢其实体悟得最深。

国画创作的核心是人文精神的提炼。在老谢看来，画画需要强调的是笔墨滋味。比如听戏，欣赏一个角儿，听的是他的腔，看的是他的念唱做打，至于他唱的什么词、演的什么角色，这些都不重要。唱词和角色可以重复，但戏感必须一次一个样，不然将索然寡味。画山水是同样道理，一千个人画华山，出来的是一千幅味道不同的画，自然中的华山在这里就只是创作的底料。所以要特别强调画家个人的气质、修养、技术，这才是核心的东西。画里有了人，人的思想、情感渗入到纸上，画才有意思，才有灵魂。说到底，画中山水和自然山水是两码子事。江流有声断岸千尺，勾皴点染之间，此山已非曩日游历之山，早衍化为画家胸中之山。只有在这般虚拟山水中徜徉，我们才能获得最大限度的精神满足。

当然，老谢说：艺术不仅仅要有思想，还要有技巧，扎实而丰富的技巧，是创作成功的保证。技进乎道、技以载道等等说法，都是在强调技法的重要性。柴可夫斯基的钢琴曲为什么那么著名，除了他在曲中所灌注的情感和思想，曲中高超的表现技法也不可或缺。在国画技法的掌握过程中，画家需要有十年面壁的苦功。

老谢在艺术上的苦功是出了名的。造访过对竹堂的人多有印象，几乎每次推门进去，老谢都在勤奋挥毫。如果没有应酬，早六七点开始，他能呆家里画一整天。老谢作画是一种稳健豁达的状态，稳健中含着清雅，豁达间每多逸兴。据他披露：每临创作，心中必有一腹稿，但画着画着就会随机生发，墨的浓淡润燥、形的俯仰向背，都会出现一些意想不到的变化。此时借势而为，去修正，去拯救，去造险破险。拯救好了，继续画，又会出现另一个变化，就接着再去拯救。因而，画画于老谢而言，是一个博弈的过程，这个过程是失控——控制——再失控——再控制，这样的状态持续在整个创作过程中，直到作品完成。

这就像下围棋，老谢比喻说，面对对手，要时刻根据对方的招儿去应对。这盘棋越是跌宕起伏、难解难分，就越好看、耐看、生动、扣人心弦。对画家来说，对手就是笔墨纸砚，成功地驾驭了它们，就赢得了全局。

老谢作画不靠激情和灵感，在他看来，灵感和激情坐等不得。有时候，即便有了激情和灵感，也不见得能作出满意之画。所以画画要养成习惯，要有专业精神，要天天动笔，动笔了想法就多，灵感就会不期而至。他强调"拳不离手、曲不离口"的创作惯性，不夸张地说，这种惯性就是一个专业画家的造血干细胞。

他每天早早就到画室作画，在画室，看到雪白的宣纸、莹润的墨汁、整齐的毛笔，就会特别兴奋，不可遏制地想要狂风骤雨地画。看着林木层峦从自己笔端夭矫跃出，特别高兴、十分踏实。

除了笔墨，在对竹堂，你看到的还有二胡、钢琴、曲谱啥的。是的，如你所想，老谢拉二胡，听钢琴曲，用画外爱好滋养着画内乾坤。一应这些业余活动的圆心，还是山水画创作。他们之间有相通的地方，在这些活动中琢磨到的想法，很多时候可以用到画画上。

优秀的山水画家，背后必有深厚修持作"底料"。老谢作品之最可贵处，是多年不落俗格。气接宋元，意参百家，品相高华而神气清癯，一如山中百龄老僧，有震慑心魄之内美。支撑老谢作品的，有他庞杂的日常阅读、宽泛的业余爱好以及淡定的从艺心态。在纸墨选择、作品题跋及印章排布等等这些细枝末节上，我们能强烈地感受到他对中国传统艺术的理解深度与把握力度。而书法清健儒雅，笔力沉实，有乃师武慕姚先生遗风。汉魏晋唐，一帖在手，老谢往往痴读半天，嗒然忘了自身。

在对竹堂，满满当当的书橱所以成为突出的设置，全因老谢是个不折不扣的书痴。买书、读书、藏书，倚书而卧，持书作扇，倦读抛书，成了老谢日常行止之重要组成部分。读书能养气，书卷气能使艺术作品平添魅力。平常有各种各样繁杂的社会应酬活动，完了在书房里静静地品一卷书，能够去除风尘涤荡肺腑，迅速恢复脑子里的蓝天白云。

秋风行　134×68cm

谢氏山水，是他曲折跌宕的人生与达观爽朗的性情所酿就的醇酒，故而滋味万般。秋山红树、鸢飞鱼跃、临渊卜居、揽云入梦，读老谢作品，尺幅之中，总有品不尽的孤独与清愁。

艺术上能有今天的成绩，老谢认为和自己"发愿"大有关。发的愿越大，对自己期待得越高，就会越加努力地往上攀，往前奔。这是个在艺术上永不满足的画家，见贤思齐的想法一直很强烈，他的目标是珠穆朗玛峰。这是个线条繁复的画家，作品高逸清拔，人却低调平实，矛盾论和辩证法在老谢身上体现得很是充分。

其实在老谢看来，坚持不懈才是第一性的。上大学的时候，班里很多同学都画得很好，天分也高，可惜大都没有坚持下来。所以老谢有时候会开玩笑说：正是因为人家都不坚持弄了，才让咱显了出来！白石老人说画道乃寂寞之道，你经不得诱惑，耐不得孤独，在艺术上是难出成绩的。

任谁都会在老谢满含深情的娓娓述说中被他金子般的孝心所打动。他原名"兵役"，就像"解放、国庆、文革、红专"一样，时代感极强。这名字听上去特朴素、热诚、亲切，就像当年农村大娘悄悄给解放军战士做的一件新棉袄，粗布的，干净的，暖和和的。这名儿是谢父听了人家的建议给起的。老谢出生那年，1955年，中国第一部兵役法颁布，顺势就有了这个名字。直到作品第一次参加全国展览，他用的都是谢兵役。

聊起老父，老谢感慨万端。谢父3岁的时候就成了孤儿，在老家河北宁晋，他穷得讨过饭，吃了很多苦。后来参军、打仗、入党，转业后到了开封。在老谢记忆里，父亲身上留下很多伤痕，有讨饭时狗咬的，有打仗时子弹穿透的，最明显的一处伤疤在头顶，一寸宽，七八公分长，是一次冲锋时留下的。这条疤后来不长头发，瞅上去白亮亮的。

尽管没多少文化，但谢父绝非粗人。他会做箫，也会吹箫，箫一直陪伴着他的生活。他还会做家具，家里的家具都是他亲手打制的。他对知识文化有种特别的尊重，儿子画画，他很支持。他喜欢默默地看儿子画，一个大砚台，他会很耐心地帮他的兵役研一上午黑亮亮的墨。

父亲是老谢一世之精神遗存。他目光中满含的善良、忠厚，每每将老谢打动。每每想起父亲，老谢都很遗憾，觉得没能让他生前好好享享福。当时生活困难，如果是现在，可以更好地照顾他，"他喜欢吃包子，吃烧鸡，真希望能够多买些给他。"

谢冰毅，一条被黄河水和开封城养大的汉子，予人的第一印象是朴厚而冷峻，一如其名。他的名字让人想到冬天里的雪山，想起"金沙水拍云崖暖，大渡桥横铁索寒"，事实上，"长征精神"也的确灌注在他的经历和事业之中。"坚忍不拔"这四个字，用在他身上再恰当不过了。

看上去一副冷面孔，实际上满腹热心肠。他不愿提起曾经帮过多少人，也不愿把往日辉煌再三提说，只是在"对竹堂"里跷着二郎腿，无遮拦地挥发幽默。聊到高兴处，他仰头笑得忘情，窗外的杨树叶子在柔风细雨里沙沙作响。

藏了很多书，读了很多书；爬过好多山，越过好多岭；天天都在画，日日图自新——老谢说他一直在路上，路还长。

草树湖山信手拈　136×68cm

溪山清远图　134×68cm

秋山寂寥　134×68cm

袁汝波艺术简介

　　袁汝波，1956年生，1978年3月考入开封师院艺术系（七七级），现为河南大学艺术学院美术研究所所长、教授、研究生导师，河南省美协理事，河南省国画家协会副主席，中国美术家协会会员。

　　作品《塬风》入选第八届全国美术作品展，获河南展区金奖。《采风》入选第十届全国美术作品展，获河南展区金奖。《收获》入选纪念毛主席延安文艺座谈会讲话发表60周年全国美展，获河南展区金奖。《消失的静地》入选第二届全国体育美展，《荡秋千》入选第五届全国体育美展，《妞妞的新奖状》入选全国中国画展，《红果》入选全国中国画展，《杨靖宇将军》入选纪念抗战胜利六十周年全国美展，《和谐》入选全国工笔画展。作品《老人》被中国美术馆收藏，《出工》被中南海收藏，《央视主持人》被中央电视台收藏。论文多篇在《美术》、《美术观察》等国家艺术类核心期刊发表。

　　2004年入编中央美院美术研究主编《2004年中国画艺术年鉴》（文化艺术出版社出版），2007年入编中国国家画院艺术科学研究课题《画品丛书·袁汝波篇》，2007年入编《二十世纪五零一代中国画·人物卷》（中国戏剧出版社），2007年入编《当代中国画名家》（河北美术出版社），2008年元月入选当代国画优秀作品进京展，并得到全国政协贾庆林主席的接见。

　　湖北美术出版社出版有《中国当代画家自选小辑·袁汝波》，北京工艺美术出版社出版有《中国当代著名画家个案研究·袁汝波水墨人物》，人民美术出版社出版有《当代美术家——袁汝波》。

袁汝波：
画得源头活水来

文\郑志刚

低调平实的袁汝波在国内水墨人物画界反倒日愈突出。这是个不擅外在炒作、一门心思靠作品说话的艺术家，在习艺之路上，他崇尚不急不躁、积微而著。尽管他不务虚名，但优秀的作品还是使"袁汝波"三字不胫而走。在他水墨浑沦、内力夺人的作品面前，我慨叹袁氏必得大名于日后，当下画坛尚未给够此君该有的位置。

以日日年年的速写功课打下扎实根底，进而仰观俯察芸芸万类，每于积储盈胸之际，挥斥水墨，牵引线条，骨肉俱立，结构停匀，此袁汝波艺术创作之大略。名字中有水者多宜于艺术，袁汝波则简直吞吐着滚滚浪涛。朱子有诗"问渠哪得清如许，为有源头活水来"，袁汝波的艺术长流源于他的敏感与勤勉，似亦与其故里新蔡有关。新蔡斯县，既沐中原朴厚之风，又得楚地灵异之气，山川雄阔，草木妖娆，据传尧舜时代，伯夷因佐大禹治水有功，曾封于此为吕侯国。独特的成长地理，赋予画家坚毅复而华滋的个人情性，或可说，正是这种可贵的情性成就了袁汝波今日之艺术。

在写实性极强的小写意水墨人物画界，袁汝波的独特性在于，他将线条与水墨秘法炮制，滴水不漏地融合于画面。一如古时高强的木工，舍钉胶而专榫接，历百千载风雨剥蚀仍巍然如旧。侍弄小写意水墨人物画，凸显线条之刚毅倔傲、顺逆顿挫，予人以"骨骼清奇"之感，并不难为；铺张水墨之氤氲蓊郁、泼破焦宿，示众以"血肉丰美"之貌，亦堪仿佛。惟两相咬合若唇齿、彼此欢融若鱼水者，则必非高手莫办。在这个角度上审视当下，袁汝波的价值与高度便不容轻觑。

河南大学这所百年老校，给了袁汝波艺术发育所必须的深沉与静穆。在斜阳古树的汴梁城，拨开车流市声，似乎每日仍能感触到悠远的时光之钟在心扉撞击。那种风过老榆吱吱嘎嘎的呻吟似乎还在诉说着这块土地上不息奔涌的文思。这座生活过欧阳修、苏轼、赵佶，留存过诗章与画卷的城池，如今依然在不倦滋养着艺术灵根。袁汝波在深夜的画室里驰骋笔墨，*丝丝缕缕*的地气包裹着他舞蹈着的右臂，适当此际，理论积累、生活取源、专业实践、瞬间灵感，皆喷涌雪浪飞溅珠玉，画家索性将自己全部交还给了女娲，整个世界萎缩成了一只艳红的仙桃。画家纵身跃入水墨的海洋，一根根倔强的线条这当儿成了救命的舟艇。舟艇出没，水墨丰腴，画家只剩下了满心满肺的欢悦与混沌，就像电闪雷鸣的骤雨之夜，一切都在豪烈的雨声中瘫软如泥。

一幅幅画作就是这样诞生的，所以你在袁汝波的画面上发现不了缝补的针脚，线条与水

二姐妹　70×70cm

墨密不可分，浑然一体却又内力充盈，你在徘徊品读之际不觉早被一只强力的大手攫入水墨的深渊。

　　读袁汝波的画像是看一位老辣的中医望闻问切，交往袁汝波其人却怎么也感觉不到艺术家的浮浪与潇洒。他话不多，目光诚恳而纯净，穿着深颜色的冬装，往来于教席与画室。他说搞艺术坚持不懈是最重要的，人太聪明灵透了其实未必好。老老实实地下功夫，得得劲劲地画画儿，名不求而自来，钱不多却够用，就这就中。

去来汝波夜色中

文\郑志刚

　　就在丁亥年秋风送寒的某夜，10点多了，汝波电至，说在郑州某美术馆歇驾，欲谋一面与我。想起许久未见他老粗布质地的笑容，便即披挂齐楚，拦的上路。金水路上的车流已告稀疏，金水河在目力不及之处呼呼呵呵地流淌，街灯在夜风中有点忧伤的意思，不时有疲倦的秋叶在车窗外沉鱼落雁。

　　茶碗捏在手里，听汝波夫妇在对面的藤椅上谈些零散的事情。汝波是个好画家，同时是好丈夫好父亲，总之，是个综合性好人，接触过他的人莫不如是说。汝波的好如鱼在水不着痕迹，他的好是浸润性的，等你觉察到的时候他已深植尔心。

　　日常生活中的汝波是如此海不扬波，宣纸上的汝波却无时不在兴风作浪。他笔下线条如力士屈铁，水墨之团聚力如铁屑奔磁，画面整体张力像是青藏高原上猎猎舞动的经幡群。深沉中的霸悍之气，是汝波在国画人物界长据一席的秘器。

　　终是茶残意阑，汝波要驱车返汴。清冷的夜幕中，他车尾的排气筒突突窜出烟气。握手言别，互道珍重，郑开大道正等着汝波的车轮去蹭痒痒呢。

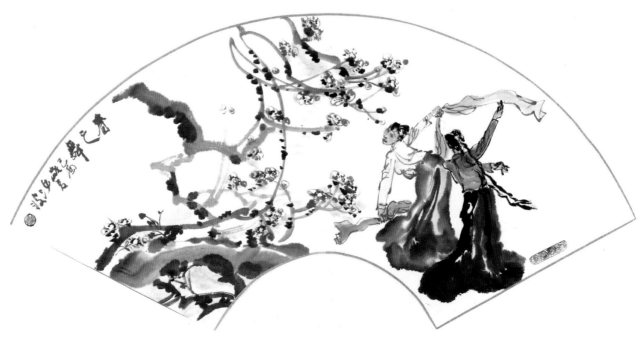

春之舞

光明　180×160cm

乡村教师　140×70cm

春播　70×70cm

西部风情（局部） 180×90cm

节日　140×70cm

黄河恋　140×70cm

秋水伊人　70×70cm

赶会　70×70cm

海军女战士　140 × 70cm

舞台上下　140×70cm

建设者 180×90cm

李健强艺术简介

李健强，1961年11月生于郑州，1982年河南大学美术系毕业。中国美术家协会会员、中国书法家协会会员、河南省美协理事、河南省美协山水画艺委会副主任、河南省美协中国工笔画艺委会副主任、河南省书画院学术委员、郑州大学名誉教授，现为河南人民出版社编审。

国画作品获中国佛教文化书画大展银奖，第五届当代中国山水画展银奖，纪念毛主席延安文艺座谈会讲话发表60周年全国美展优秀奖、河南展区金奖，首届中国写意画展优秀奖。作品入选中国首届国画家学术邀请展，《画刊》21世纪中国艺术家年度邀请展，第二届全国画院双年展，走向经典——首届全国画廊收藏家提名展，百名著名山水画家画泰山百景展，2005年水墨动向——当代中青年画家学术邀请展。获2004年河南省书画院双年展"学术奖"，河南省优秀中青年国画家作品展一等奖，河南省九届、十届美展银奖等。入编《当代中国画——山水卷》《中国青绿山水》等大型学术画册。书法入选第六届全国展，第六届、第八届全国中青年展，全国首届扇面展，全国第二届正书展，全国二届楹联展等。国内多家专业报刊曾对其做专题介绍。出版《境由心造——李健强书画作品选》、《李健强唐宋诗写意册》、《李健强书法作品集》、《李健强山水画册》、《唐宋诗词里的冬天（诗意画）》、《宣和遗韵——李健强卷》个人集6种、合集多种。作品被多家艺术机构和收藏家收藏，被媒体评为当代最具收藏价值的艺术家。

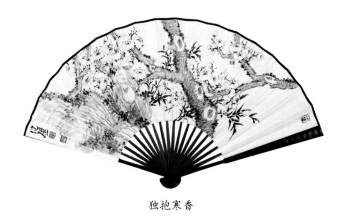

独抱寒香

李健强：
孤云独去闲

文\郑志刚

书法

李健强北人南相，吹着粗犷的黄河风却有水乡小镇之幽谧，肌肤白皙，骨骼清奇，美髯若宿墨皴就，私下里我曾把他看作是残雪未消的峰巅修持正酣的高士。但他分明日日穿梭于熙攘都市，工作家庭双赢，诗书画印四全，用戏曲界的行话说就是"文武昆乱不挡"，啥都弄得得得劲劲，李健强他真修成了尘世中的仙。

诸般艺术中健强尤为人称道的是国画，山水花鸟齐头并进，浅绛青绿各擅胜场，重要的奖项摘回一大摞。咖啡喝多了总想来点辣酒，掌声和鲜花没能使健强沉醉不起，望着艺术的雪域高原他孤独进发了。海拔越高人越孤独，李健强跋涉的身影在中原显得不群。他的高度已经有许多人看在眼里，他巨大的潜力隐含在他"我深知，40岁对一个中国画家来说，正是炼心炼技的年龄"的道白之中。从构思到构图，从勾线到皴染，从设色到款识，李健强都努力在古人的篱笆墙里营造自己的木头屋。一样是为了不一样，不一样是为了更高层面上的一样，无论云层如何妖娆变幻，云层上面都是金灿灿的阳光。

把书画表现在扇面上，在这2006年的暑天里是件快心事。把与雪共舞的梅花画在扇面上，把策杖溪桥的隐者画在扇面上，把提按顿挫的书法写在扇面上，乘翩翩清风健强的艺术到了我们眼前。在热浪蒸腾中品一柄扇子，精湛的书画就是沁人心脾的空调。在21世纪的今天，谁也别想再耍一回竹林七贤，我们能做的只是给心灵放假。李健强早逍遥得如敬亭山的一片闲云了，那就让我们在他创作的扇子里好好爽上半晌吧。

岁寒三友图

独行远尘埃 136×68cm

云心禅堂抵掌谈

对话双方：李健强　郑志刚

对话时间：2006年8月15日下午3至8点

对话地点：郑州市经五路李健强寓所云心禅堂

郑志刚：是否和许多书画家一样，你走上笔墨之旅也缘于家氛？

李健强：我的长辈，主要是我舅舅一直在搞中国传统书画艺术。舅舅李宝铎，字觉民，祖籍河北沧县，后移居开封。1931年入河南艺术师范学习绘画，1934年考入刘海粟主办的上海美专。1936年经刘海粟、谢炳文介绍，赴苏州网师园拜张善孖、张大千昆仲为师，学画虎与山水。在大风堂学习期间，我舅舅孜孜以求勤勉有加，再加上两位老师精心指授，艺乃大进。如是者有年，后因故而别。临别时，两位老师意颇眷眷，遂赠时照，以期来年。后虽经战乱，随身携带之物尽失，而照片仍保留至今。文革结束平反后，我舅舅入开封市博物馆工作，一直在艺术方面很有成就。离休后，河南省文史馆经常请他到郑州画画或者到其他地方参加一些交流活动。我舅舅早期主事白描，也在绢上画工笔人物，很见功夫，我现在还留存有一幅他60多岁时在生纸上画的《龙眠三李》，即便用现在的眼光来看，依然不失为优秀之作。尤其着色方面，完全是传统方法，作品两面皆有敷色。工笔画在生纸上，线条能够控制得那么好，足见传统功力之深。人物外，舅舅还画山水，有宋人意味。而用力最深者当属画虎。特别是晚年画的虎形神兼备，在师承张善孖的基础上，已形成鲜明的自家风格，在画坛很有影响。

另外还要提到我的母亲。她是开封艺术学校毕业的，也学的绘画，老师是谢瑞阶、丁折桂、马基光等先生。母亲的书法颇见传统功力，曾在"河南省千人临书大展"上获过奖。在文化大革命时期，我读小学三四年级，学校很乱，到处是运动，根本学不到东西。我母亲不想让我像其他人一样到处乱跑荒废学业，就教我学画画。但是我小时候似乎对体育更有热情，比如乒乓球、排球、短跑等。母亲就想尽办法来引导我对绘画的兴趣，兴趣很快就培养起来了。接下来，我开始跟母亲学习素描。当母亲渐感教我力不从心后，就开始在外面请她的一些同学为我做家教。

学习素描前期是画石膏像，我很用功，进步也快。后来，我就去少年宫跟随曹新林老师学习，这为我考大学奠定了坚实基础。1978年我未满17周岁，就由高中在校生考上了河南大学，当时在班上我是年龄最小的。在河大美术系前两年，诸如素描、国画、油画、水粉、水彩一古脑儿啥都学。到后来分专业的时候，我选择了国画。

郑志刚：为什么选了国画？

李健强：在少年宫学水粉的时候，曹老师就曾说我对色彩的感觉非常好。大学选专业时，好多人也认为我该选油画，但选择国画与我上学前所受影响有关。舅舅给我讲了很多国画知识，考学前我就已经画了很多国画。大学前两年，我一直没有间断过对传统文人四大项"诗、书、画、印"的系统学习，这使我对充满着中华文化精髓的国画艺术痴迷不已。分专业的时候，仔细分析自身情况，我感觉相对于西画来讲，我此生的国画之路也许会更宽广，所以就毫不犹豫地作出了选择。

郑志刚：但对西画的系统学习，还是对你的国画创作有着莫大的补益。

李健强：是，我们应该更具包容性与建设性地去看待西画和国画的关系，更客观全面地去理解西画。不能说你学习了素描，就会使你在国画的认识或观念上不纯粹，那不一定。因为西画特别注重和讲究画面的整体感，而中国画从前往往是从局部入手构架创作的。就眼下来说，国画也应重视画面的整体感。所以，在学习素描和其他种类的西画之后，可能你在国画创作中对整体或全局的综合把握意识会更明晰更强烈。也许有的人在学习西画后再拐回头来搞国画，会突然间不太适应，有点转不过弯儿，过分注重"面"而忽略了"线"。对我来说不存在这样的问题，我想这应该和我多年来对书法艺术的不懈修习有关，和我的家学底子有关。

郑志刚：进入国画班之后直到现在，你是怎样对待西画的？

李健强：进入国画班之后，西画方面的创作就相对少了，毕竟一个人的精力是有限的。但直到现在为止，我依然十分关注西画创作动向与审美动向，这包括时常温故西方古典与现代经典大师的作品，以及身边一些朋友的创作。我觉得艺术创作需要的是全方位的滋养，特别是国画走到现在这个时候，尤其需要广吸博纳。这里最终的一个落脚点，是你怎么去看待这种滋养，怎么去理解"传统"这个概念。对传统的理解不能太狭隘。尽管西画和国画在创作手法上不一样，但艺术的至高境界是相通的。拿法国印象派油画家莫奈与我国明末清初"四僧"之一的八大山人来说，尽管所处时代相差两个世纪，并且一个在遥远的西方，一个在神秘的东方，但匪夷所思的是，在他们笔下却展现着同一种题材莲花。你看莫奈晚年画的《睡莲》和八大山人画的《荷花(莲花)》手卷，尽管材料完全不同，但画面的颜色与笔墨的表现同样让人感到一种生命的律动。一笔油彩、一处笔墨，无不息息相关地联结着某种宇宙生命的脉象。我们同样能感受到一种"气韵"的东西，弥漫穿行在油彩与水墨之间。

时间走到今天，我们不应简单地排斥外来艺术，当然也不必盲目崇拜。理性的态度是，在关注中思考，在思考中选择。

郑志刚：我发现很有意思的一种现象，我们常说国画要积极吸收西画营养，倒没怎么听说西画在兴奋地借鉴国画。这中间隐隐有种不对等。

李健强：这可能和我国的经济、政治地位在全球舞台上尚待强化有关。其实西方当代艺术还是受到了中国哲学的一些影响的。老庄思想、禅学精神对他们还是有影响的。

郑志刚：你在习艺道路上，可以说是多轨并进。不是说画画就只画画、写字就光写字，你是诗、书、画、印全整，并且平素书读得也系统。这些都是你的优势，这让你在艺术的长跑中更易持久。

李健强：我对书法、篆刻、格律诗词等杂项的兴趣甚至比国画还要浓厚，并且这么些年乐之不疲。尽管早些年学习资料匮乏，但饥渴中的人对有限食物的占有欲望更其强烈，我的学习方法是嚼碎咽下后再反刍，呵呵，现在想来都佩服自己那时候的勇猛精进劲儿。

郑志刚：一个人走上艺术之路往往是偶然的，但我感觉这偶然中间也有必然。看看我们身边从事艺术创作的，很多都是受家庭氛围或成长环境之滋养，比如，父亲爱画画呀，母亲是教

严寒吐香图　68×68cm

师呀，邻居是诗人呀，亲戚有墨客呀，等等。如果没有这些，一个人从事艺术事业的几率肯定要小得多，所以从这个方面说，你还是比较幸运的。

李健强：对，像我小时候，舅舅就给我讲了很多传统笔法、章法、着色、意境等国画创作中很核心的东西。进入大学后，在对传统国画的系统学习中，我才真正搞明白中国诗书画印的关系，才真正开始这些相关方面的严格而系统的修习。记得我们上午是专业课，中午我不休息，自己在宿舍里练书法。那时候河大还没有书法老师，我就从舅舅那里借了些书法方面的书籍。刚开始我临颜字，《多宝塔碑》、《颜勤礼碑》、《麻姑仙坛记》、《自书告身帖》等写了很长时间。舅舅说，写颜就要写魏碑，后者能予前者以方峻雄强的骨气，这样我又写了《郑文公碑》、《张猛龙碑》、北魏墓志等。除此之外，我还在学校借了一本王力的

《诗词格律》，虽然不是太懂，但我把平平仄仄的那些规矩都给抄下来，贴到宿舍床头，天天背诵。还照葫芦画瓢地写了不少诗词，虽然稚嫩，却也孤芳自赏，呵呵。后来尽管没做成诗人，但却培养了我持续至今的读诗背诗的习惯。对篆刻也是一样，因为笃信书上说的"印宗秦汉"，我就在汉白文上下了狠功夫。把当时能买到的西泠印社出的《历代印章简编》、上海书画出版社出的《上海博物馆藏印选》临了个遍。没钱买石料，就每刻好一印在纸上盖一下，留下印蜕，然后磨掉再刻。后来这些习作集满了一本，这本子到现在我还留着。

郑志刚：我记得一副对联是这样说的"养成大拙方为巧，学到如愚总是贤"，在艺术积累方面，有时候笨功夫甚至是通往成功的必由之路。

李健强：实际上在中国传统艺术的修习过程中这种"诗书画印"互融共参的理念与方法，于过去旧文人来说，实在是再正常再普通不过了，包括民国时期，这些都是再浅白不过的常识话题。只不过文革十年，这些理念横遭粗暴蹂躏，实在可悲可叹。好在总有云开日出时候，现在，它们在一个更理性的高度上被重新审视并加以确认，这就是时代的进步。

郑志刚：国画修习上你是不是也从芥子园开始的？

李健强：当时在河大，就是后来分专业了也分得不是很细，完全看学生自己的爱好倾向。因为在人物画的造型方面我感觉相对好点，再说那个时候，大家都想着文艺为政治、社会服务，比较讲究主题性。所以我在人物画方面创作的多一些，甚至我的毕业创作也是人物画。当然，芥子园对国画家的重要性是不言而喻的，这么多年来，它红袖添香般一直陪伴着我。

郑志刚：你毕业的时候也是个热血青年，分到出版社后考虑过自己以后的走向没有？

李健强：我可能是个比较随缘、散淡的人，从毕业到现在我基本上没怎么考虑过以后要刻意向哪个方面去走，去发展。小时候学画画，然后赶上考大学，稀里糊涂就考上了。在学校里我是一个很普通的学生，老师教什么我就学什么，加上自己的兴趣和一点家传底子，就一直做下来了。毕业分配到出版社，啥也没多想，就是做一个美编，把自己的工作认真做好。只是工作之余书画这个事一直没有丢。不像有的同学，毕业以后，再加上下海经商大潮的冲击，就把艺术放弃了。可能是性情使然，我心中很平静，没有受到什么影响。那时候我每天上班不太忙的时候，就在办公室读画论，繁体竖排的那种版本。经过长时间阅读思考，使我认识到中国画不是简单地只画眼睛所见之"真实"，应该而且必须在精神层面上去追求一种更高的境界，应融入画家更多精神上的东西，也就是由自然景观升华为精神景观。南朝宗炳在《画山水序》中提出"以形媚道"、"澄怀味象"、"畅神"等，都在强调更高层次上的意境表达。从根本上说中国画是"非观之以目，而观之以心也"。这样，我慢慢对国画画论里面很传统的一些精神意识、艺术观念有了一个更纯正的认识。这让我受益匪浅。

郑志刚：毕业后能够很顺利地分到出版社这样一个不错的单位，你应该感激命运待你不薄。

李健强：对，我有时候也在想，我从毕业到现在心态一直比较平和，可能和我的履历比较简单、单纯有关吧。或许就是这一点所谓的"顺"，让我不用去为改变生活质量或其他的一些物质现状分太多心，从而衍生出太多功利的欲望。对艺术这样一种"世俗易污品和功利易碎品"肯定是大有裨益的。

郑志刚：今天之所以有这样的成就，应该和你的经历有关。小时候，家境相对殷实，不必为衣食考虑太多；母亲、舅舅都有艺术方面的修为，你身边环绕着令人艳羡的艺术氛围；大学期间，受舅舅影响，在诗书画印等方面走的路子比较正；毕业后，又很幸运地分到了出版社，工作一直安宁。所以你的艺术也当然地处于一种滋润的状态，她没有遭受干涸与风暴，一直像一个熟睡中的婴孩。在这纷纭尘世，真要算一个道地的幸运者。

李健强：我的这种经历状态，可能暗合了古人说的那种平和境界。表面上去看也许少了一点"冲劲"，但按禅宗所说，这种平和倒是一种难得的渐修、渐进、渐悟。前贤说心平气和能应万物。有人说我这两年的作品有一定影响了，突然火了。实际上这不是这两年猛然发生的事情，而是包含着前面20多年的积淀在里面。

郑志刚：所以说在通往艺术巅峰的道路上就像爬泰山一样，有的人是坐滑梯上去的，有的人是被挑山工给抬上去的，有的人是爬了一段嫌太累，然后就止步了。你是一步一步坚持不懈爬上去的。在这现实当世，我们总不能都像八大山人、徐渭那样隐遁山林或是疯癫自残，我们要在寻常生存中找寻人生诗意。你的方式是波澜不惊、文火慢炖，说实在的，这种方式很多人即便客观条件成熟也未必做得到。这里面有个定力强弱的问题。

李健强：是这样的，这里面有很多偶然性因素在起作用，不是刻意可以追求的。现在想起来，我很感谢我的父母，他们对我无私的支持使我永难忘怀，他们为我创设的家庭环境使我一直没有为现世生存考虑太多。

郑志刚：你的斋号是云心禅堂，作品里也可窥见你对中国禅文化的耽玩与见识。

李健强：之所以叫"云心禅堂"，是因为云来去自由、云无心以出岫，我非常喜欢云的这种洒脱自在的品性。古人在论画时对这种自在的心态都十分强调，而我们在士人画中也分明体会到某种自在超逸的气息。当然在现实生活中这很难做到。在现实中，我们该入世时且入世，但心还是可以出世的，还是可以给自己的内心营造这样一个自由自在的空间的，就像陶渊明说的"心远地自偏"。其实在我的性情中有很多那种随缘、散淡的东西。

这可能跟我自己读的书有关系。我特别喜欢老庄、禅学、佛学，它们跟中国传统艺术确实有密切关系。而画的格调气息又与人的生活状态紧密相关。比如佛、道两家主张出世，多用禅定的手法，论其实质，就是炼心。所谓"禅定"，就是"静虑"、"思维修"。佛教各宗都是讲心（修炼心性），通过修炼心性达到成佛成道的目的。中国毛笔、墨汁、宣纸，最能细腻地表达人的心性。禅学、佛学跟中国画的画理、画论有很多相通之处。前人说"不懂佛学，不通画理"，是有一定道理的。在古代上至一代诗宗，下及无名诗人，无不与禅学、禅人有千丝万缕的联系，如谢灵运、王维、苏东坡等，更不要说清四僧了。他们或寻幽探胜、讴歌禅迹，或灵犀一点，让看似平常的诗句含蕴了无限禅机。最好的文人画是在有意与无念、专注又放松的自然状态中诞生的，和禅修的经验极其相似。重要的是要了解自己的心性适合什么样的生活状态，不要简单地学别人，不要简单地读了一点书就模仿什么样的生活方式。一定要观心自在，一定要知道自己是什么性情。我从小到大感觉自己特平实，自己的心性与禅有许多相通的地方，平日里凡事从不执着刻意，随遇而安，如闲云来去无意，似流水从容吟唱。人们常说画如其人，由于性情的原因，自己的画就有一种散淡的意味和禅的意趣。所以，佛禅一直是我艺术之灵根所寄。

郑志刚：中国传统书画艺术的审美方式是高拔不群的，我觉得其中关键一点就是对"务虚"的特别强调，它要求艺术家和欣赏者都要有一种出世的心态。

李健强：这是国画和西画不同的地方，这个"虚"主要指向精神层面。在中国绘画史上，

门外白雪山几重　136×68cm

文人士大夫始终都把山水画当作个人感情寄托、画家人格体现的载体。你的作品要反映出一种境界。陶渊明的"心远地自偏"，就是一种境界。魏晋南北朝是以庄学为源头的玄学思想炽盛的时代。庄子的"独与天地精神相往来"即是强调走进大自然，在山水林泉之中养虚静之心。这在中国山水画艺术里有高度的体现。你的性情你的修为，都会在画面上得到完整的体现。这就是中国人常说的文如其人、画如其人、字如其人。一个心胸狭隘的人，一定弄不了古厚大气的作品。你是一俗人，你的作品就会不自觉地满布烟火气。就这个问题，我一直在对照自己，也在对照国内的很多同行朋友，也包括很多前辈大师们。

我们这一批出生于上世纪60年代的人，经历中都有一个文化大革命的艺术断层，不像现在的年轻人，他们一开始学习书画就有很好的资源。我们这代人如果要和民国时期的人相比，单从技术角度讲，我认为没有达到那个高度。现在的画家好像急于在追求自己的东西，自己的所谓面目。而在前人，在我们现在这个年龄，这个人生的中年阶段，包括很多大师，都还在默默的过程之中，虽然他们的作品里面可以看到深厚的文化底蕴，并且在技术上也达到了一定高度，但他们似乎都无意去急火火地营造个什么个人面貌，在他们的作品中看不到什么鲜明的个人图式。所以我说我不想在中年这个时候，刻意去做自己的风格和样式，以致使自己的作品过早僵化与充满习气，这是我一直警惕的问题。果子要有耐心等它长熟，不然你品尝不到甜美。前人说"伏久者飞必高，开先者谢独早"。我不想过早地使自己的面貌定型，满足于单薄的"风格"中。如果你的风格没有一种很深厚的文化基座作依托，那就是一种很狭隘的风格，那些所谓的"非常有风格"，即一眼能看出风格而又被风格所困，如果其风格本身就相当狭窄，创作量越大就越容易被人一览无遗，越发暴露自己的困窘贫乏，最终必然要随风而逝。在我看来，风格是精神的问题，和图式不是一回事，可惜现在很多人把他们简单等同了。

当下的画家太刻意于自我"标签"的设计，却忽视了自己对真山真水切肤感受的表达。看看李可染、傅抱石、钱松嵒的经典作品，能真切地感受到山川之真气。清人唐岱说"画山水贵乎气韵。气韵者，非云烟雾霭也，是天地间之真气，凡物无气不生"。而北宋画家郭熙，更是用人格化的比喻，道出了对自然四时之微妙感受"春山淡冶而如笑，夏山苍翠而如滴，秋山明净而如妆，冬山惨淡而如睡"。四时之景不同，心境自然不同。但现在很多山水画家的作品里面，我们找不到这种真切动人的大自然千姿百态的美，更看不出画家独有的人格及心境。而只是程式化的构图和皴擦，味同嚼蜡。我认为一幅优秀的作品，一定是把山水那种生命之气、烟云之气表现得非常充分的作品。所以我一直注重和大自然交流，在刮风、下雨、落雪时，我内心都非常敏感。在我的画面上，风雨霜雪树石舟车所奔涌出的那种很安详、很空灵、很苦涩、很孤独的感觉都有，那都是在不同心境下所表现的东西。如果仔细看，说不定某个寂静无人的时刻你会潸然泪下。

郑志刚：而当代人为啥就缺少这些真性情的东西呢？我感觉是受经济利益所驱使。很多国画家的笔锋似乎不是在跟着自己的内心走，反倒在跟着老板的脸色走。但是这样的画家，一旦他卖了很多钱，或者获奖之后，便再也舍不得否定自己，这样到最终，他换来的其实仅仅是简单的钞票而已，在艺术上却得不偿失。所以严苛点说，他们算不得真正意义上的艺术家。

李健强：这个问题归结起来看，还是画家自身的修为没有达到一定高度。一个真正的艺术家，应该在艺术本体上多下功夫。进一步讲，艺术家过早介入名利场，长远来看未必是件好事，所谓"大器晚成"就是这个意思。而当下有的艺术家将过多精力放在如何打造自己的获奖履历、和某某显贵合影等事情上。实际上，这些人在卖出作品的时候，自己最清楚自己的作品到底价值几何，是否和自己的心血付出相对称。

郑志刚：看了你近期的一批作品，我发现主要有这么两个特点：一是在古法和传统方面你一直在深入，其实这是个无边的海洋，永远没有终点；二是你的画呈现出"师造化"的鲜明痕迹。我一向认为画家在积累了一定传统技法与创作经验之后，就应该经常去体察魅力无穷的大自然。

李健强：是的。我一直坚持认为要想使自己的艺术走得更远，入古一定要深。学习传统，一方面是从精神层面上把握，而对古典技术系统（古法）的研习同样重要。"由技进乎道"，技术是表现"道"的基础。历史上凡是经典大师的作品，在技术层面上都达到了相当的难度。不说远的，看看陆俨少50岁左右画的册页，就知道他成大家不是偶然的。他入古之深，笔墨技术含量之高，当今有几人能比！白石老人说"工夫深处自天然"，也是这个意思。当然对古法的学习是无止境的，而师造化同等重要，髡残说"登山穷源，方能造意"。大自然的一丘一壑、一草一木、阴晴雨雪的万千变化，是画家"造境"的源泉。纵观画史上的大家，50岁前基本上以做案头工作为主，学习古法，修炼画外功，50岁后开始壮游，而后再返回画室，然后再走出画室，在这个不断反复的过程中，精品力作不期然而至。如果发愿要做一个有创造性的优秀艺术家，你就必须走进自然，然后把自然中鲜活的东西反映在你作品中。黄宾虹、傅抱石、李可染、陆俨少无一不有这个过程，他们都是在对传统技法有了最深入的继承之后，又以深厚文化修为作依托，才最终三眠三起、破茧而飞的。

由于交通不便，前辈画家师造化的过程，都是一次次身心历练的苦旅。出行的艰辛，使得他们对大山大水有种深深的敬畏之情，作品的精神感受更其多元。而交通的便利，却使得现在的画家对自然的认识难有古人那种切肤之感，没有和重山大水进行心灵碰撞的能力与耐性，就那么走马观花地走走停停，轻薄公子一样，回来在作品上题"某某山写意"等等，其实还是一张习气满纸的"画皮"。这真有点掩耳盗铃的意思。那么他们的画就谈不上生气、生命力，仅仅只是物质存在意义上的一幅画而已。他们的作品，缺少的是一种山川氤氲之气，缺少的是一种蓬勃的真意！而这恰恰是艺术最核心的东西。他们所做的只是对一座又一座山的复制与图解，作品很僵化，遑论对古法的突破与拓进了。

我的理想之境是：在自然中更新古法，在古法中融入生活，最终在古典品质和现代精神中开掘属于自己的语言。

郑志刚：画家在大美不言的山水之中没有一颗虔诚的心，一种激动的情，注定与创造无缘。这种浅层次的所谓师造化、实地写生，与消遣意义上的旅游没有什么区别，甚至还不如那些不畏霜雪定期攀山的时尚驴族对山水真性体会得更深。

李健强：有时候我也琢磨人生的几个阶段，小孩子纯真可爱，老人则返璞归真。小孩子没有功利经验，他们的想法是最接近人性本原的，清澈见底；老人则经过太多的生活锤炼，已经淡泊和超然了。而中年人，瞻前顾后，心思复杂，什么功名啊、前途啊，纷扰不休。但中年也是人生精力最旺盛的时候，出精品的时候。中年人作品的高度，可能更多体现在技术上，这个年龄段，技法经过多年打磨，已经圆润娴熟。技法惹眼的作品，在世俗评判标准上可能会沾光得多。但若要在艺术高境上努力，则必须向赵之谦所说的"三岁稚子"、"积学大儒"看齐，吸纳那种老辣天真、若不经意、呼之使入推之令出的大自由天性。当然，达此地步的中年画家实在是太少了。具体到我，是虽不能至而心向往之。

郑志刚：你谈到的书画家的中年阶段，就像我们看黄河，源头和入海口两端应该都是清澈蔚蓝的，中间长长远远的是浊浪滚滚，但恰恰这也是人们最爱看的地方。这是黄河的中年，也是画家的中年：拥有沉沙，拥有浊水，烈日曝晒、风雪交加，经受着各方面的蹂躏。而大黄河也无时不在激昂地抗争。正是在这种奋争之中，中年画家的作品构成了一种奇特的景象：线条最多、层次复杂、血性冲荡。所以我认为中年画家作品的气度与分量，是无可代替的。有的画家甚至到老年都保持着中年的势态，老当益壮，气遏行云，在我看来吴昌硕便是如此。

李健强：人很难逃脱环境或历史给予的局限，人生各年龄段有各自的特点，有各自的优势，笔下的表现也随之不同，可能作品的独特价值也正在于此。

郑志刚：常听人评论谁谁的画苦、甜、美、丑等等，其实这只是表象的问题，在表情达意方面，这些东西我感觉都是次要的，书画只要本真地表达自己就行。人们常说"俗人不爱而后画学进"，就是说从事艺术勿惑俗议，不要光听别人怎么说，可能他们不喜欢的恰恰是你最好的、最堪珍视的。我看你在某本画集上写过"40岁对一个中国画家来说，还是炼心炼技的年龄。古人早就说过，不要求脱太早。我十分清楚自己的作品还未达到心中之境，但假以时日，相信我不负山水，山水亦不会负我。"这话讲得大好。

李健强：朴素一点讲，只要你每天去做，用心去做，再加上学养的积淀，你就会进步。这就是说，我一定会还真山真水之性情品貌在我的作品里面。因为预期的东西还是要随缘，定得不必也不可能太具体，自己也不要和别人比什么，作品完全是随情适性，最好把自己像一滩水一样融入到生活和艺术之中，用心去做就行了。

郑志刚：你作品总的大格调是那种野逸派文人画，应该说至少有这么个核心因素在里面。

李健强：寄画以乐，借山传情。我的山水画之路追求的仍是"以元人笔墨运宋人丘壑、而泽以唐人气韵"，用力于古人规矩之中，而外貌脱离于古人之迹。宾虹老说"笔墨精神千古不变，章法面目，科科翻新"。当然具体的学习里程则一段有一段之不同。大概来说，10年前更多是对传统的接纳学习。虽然现在对传统还在继承，但还是不一样了。那时候就是一种单纯的传承，现在可能在技术深入之外，更注重去沟通古人与自我对山水的感受，同时还要努力实现和自然更深入畅达的交流，从而使自己慢慢进入比较自我比较自由的一种境界。

其实我想山水画家还是应该在内修方面下功夫。得貌在乎功力，得神在乎修养。中国古代画论中，都谈到内修与画格和境界的问题。倡导以"澄怀观道"之心，来营造可以"卧之游之"的灵境，以达可以存放精神、安慰心灵的"道"。因此，到大自然中所求的"道"就不是用外在感官来把握的，而是要用心灵去捉摸。因此，"卧游"的方式就是心灵的游动、思维的旅行。实际上是在强调一种更高层次的内在表现与修为。宋元之后，降及明清，无论在画家眼中，还是评论者笔下，山水画都只剩下了"笔墨"。已经将笔墨作为一种独立的美学因子去追求。由于创作所需的物质材料的发展，加上文人画家介入，山水、花鸟大写意笔墨达到了一个高峰，那时候，确实出精品出大师。

而现在的画家也在谈笔墨、耍笔墨，其实"内法"已乱，说胡涂乱抹也不为过。因为成长的文化背景和那个时期已经完全不一样了，差距很大很大了。现在的很多画家，花鸟一上手就是海派、扬州八怪，山水则第一口奶就是黄宾虹，其实这是一个误区，是取法混乱的问题。其实黄宾虹早期在细笔、丘壑上是下过功夫的。不然不会在给林散之的信中说"由细笔而后可言粗豪，故元人皆以唐宋筑基"。而眼下画家既无丘壑，又笔墨粗俗，却还夜郎自大到处炫耀，什么大写意，什么有法到无法，实际上已经是很俗的东西。我感觉大伙应该再往宋元好好走走，总不能"全国山水一片黄"吧。众所周知，黄宾虹他积累了很多东西，看看他的年谱就知道了，他已经到达了一个很高很高的高度，不是简单模仿所能奏效的。

现在人画山水就像我们刚才谈到的都是比较注重一些图式和表象的东西，对自然山水没什么感受，上去就是又涂又抹，照葫芦画瓢，这是很危险的事情。这种很表象的东西，实际差得很远，和真正的传统根本不是一回事。笔墨不行，内修更不行，你说这画还能有什么看头？另外对山水画"内美"的追求应重视。画史说王维"诗中有画，画中有诗"，苏东坡说"诗画本一律，天工与清新"，都在强调诗画关系，其实质是强调画的"内美"，画有"内美"则自成高格。当年宋徽宗赵佶建立画院，招考画家，就以现成的诗句为题，我想他所要考察的主要是画家对诗的意境的独特把握能力。我们再看看《宣和画谱》，无论是花卉还是山水，品评作品高下的依据都与"诗意"二字有关，这也是对画家内在实力的考量。现在的人在这方面，我认为有所忽视或者说强调不够。为什么我们说古诗写得那么好，现代人只有望洋兴叹的份儿？为什么呢，是因为我们不会像古人那样去真正淡泊地隐居山林，深入而日常地和自然接触，哪怕只是风吹草动，也有可能在内心掀起敏感的波澜。今天我们可以通过大量阅读他们的作品来体会他们的感受，从而间接地去感受自然、了解自然。这是一种真正的硬功夫，玩不得玄的。

郑志刚：意境决定一幅画的高下，甚至决定画之成败。据说你在日常生活中是非常注重这种对"诗意"的培养的，这表现在细微的各方面。比如你和令嫒一起出去散步时，你就时不时要教她吟诵几句古诗词，以致她很小即能背诵经典古诗百多首，真是画外之功无处不在呀。

李健强：动笔之前，要是有种诗意在你心中涌动的话，感受是绝对不一样的。王原祁说"画法与诗意相通，必有书卷气，然后可以言画"。这也是我为什么不愿意简单重复地画一张画，不愿意当众挥毫之所在。我总认为每张画都应该有它独特的诗意附着，这是一种鲜活的意象生发，这种生发太需要有一个相对安谧、封闭的独处环境。几乎每张作品动笔前我都要反复在内心澄清这样一个问题，画宁静的还是喧闹的、苦涩的还是春意盎然的，如此这般。这样在具体创作过程中，自我感觉是不一样的。作品完成后，观画者如果耐心细品的话，也会真切地感受到你作品中蕴含的"诗意"。

郭熙在《林泉高致》中就强调诗文修养对山水画家的重要性，说诗文可以启发山水画创作的"幽情美趣"、"古人清篇秀句有发于佳思"。

郑志刚：这里咱们强调的是"诗意"，和诗意同样需要强调的，还有对人自然的一种崇敬之情，毋庸讳言，这种情感在经济、科技高速发展的当下，呈十分稀缺状态。现在这个多元转型的时代，书画家这个称呼在一天天烂贱起来，任谁照本宣科甚至自我作古地涂抹上几笔，就要动辄以书画家甚至著名书画家自诩。如果有足够的余钱，或者身居官位，在艺术类媒体遍地开花的今天，宣传包装一下自己应该唾手可为。露脸次数多了，再加上东拜张师西结李友，初一展览十五走穴，面泛油光腰包鼓囊，飘飘然还当真自以为是八大山人转世。这样的书画家多了，对万千变幻的真山真水的敬畏之情，必然被冷落在冠冕堂皇的纸面上或者欺世盗名的演讲发言中。再加上当世艺术批评之严肃性正日益丧失，故而我要痛心疾呼，中国山水画家一定要冷静自省，重新找回对中华大地"山川浑厚、草木华滋"之无限敬畏之情，这种敬畏之情也决定了你画格的高下。其实在浩渺无垠的自然造化面前，每一个人都是微不足道的。如果你没有

建立起对山川湖海的敬畏的话，你的画里面首先缺少一种哲学，境界不可能高。有的画家表面上也在反复申说他在师山师水，其实心中根本没有这根弦儿，那么他就是一种"伪崇敬"，他真崇敬的是现世利益。所以我从不主张一个画家在物质上过于富有，钱太多了会淤塞人的理智，使人迅速变为井底之蛙。

李健强：这点很重要，你如果真的对山川敬畏的话，你就会迫切地融入其中去与之交流，去感受春华秋实、阴晴风雨的点点滴滴，那么你眼里的很多东西就都是有生命的，你心灵上就会有种石子投湖一样的震颤，有一种真实的冲动。如果存有敬畏之心，你就会感觉自然的美是无边无际的，你可能终其一生都无法洞透其万一，这样你就会对山水之美有一种发自肺腑的虔诚，艺术之哲学高度由此而生。在这种虔诚的态度下，在表现大自然任何一个小小角落的时候，你就会感觉到是在尽力记录一种美。那么你的画格以及你的画面给人的空间想象力是不一样的。

郑志刚：这里有个小小的检验标杆，当然只是我的一家之言。比如同样面临高价购画这样一种场面，如果没有这种对山川的敬畏之情，画家会单纯为了利益而抱着"完成任务"的心态去机械地复制作品。但是当你内心鼓胀着这种艺术敬畏，你为稻粱谋也许也要在短时间内集中赶活，但你肯定画得要累得多，因为总有一种坚硬的抵触之情在抓挠着你的心。

李健强：确实如此。你的话触碰到了一些画家的艺术良心。

郑志刚：接下来咱聊点轻松的话题吧，弄点画外音。咱们都知道健康与寿命对一个优秀画家的重要性，那就说说你的健身问题，你说你很喜欢体育。

李健强：最喜欢的是乒乓球，但也好长时间没上场打了。不是自吹，我的水平和动作还是很专业的，呵呵。平时，NBA、足球、围棋、网球等我都喜欢。但是现在很忙，没有时间，不过现在已经意识到了身体的重要。现在很多人都处于亚健康状态，很多人感觉身体还有本钱可供挥霍，疾病离我们还有距离。我认为书画家应该把健身当日课来做，像临古一样坚持。这样才会有效果，你才会在今后的创作生涯中不断地收到来自健康方面的惊喜。

郑志刚：像你这样烟酒不沾，似乎与大家印象中的书画家不符？

李健强：烟我是一直就不吸，因为吸烟实在没什么好处。酒则是因为过敏，就我本意来讲，很想能有一点量，师友相聚时也好助兴，但是很遗憾。除了这些之外，我就是平时喜欢喝茶，喜欢普洱、铁观音等，有时也喝绿茶，对茶文化也还略知一二。我一般是不熬夜的，因为第二天要上班，再说身体也吃不消。说到健身，我很想学太极拳，始终感觉太极拳是和中国书画相通的，也讲究以虚御实，如果练的话就多开辟了一条求证中国书画内质的渠道。

郑志刚：我感觉到中国的上古哲学有一个很典型的核心的东西，这个东西就是"程式化地务虚"，所谓"玄之又玄众妙之门"大概就是这个意思。它渗透在中国茶道、武术、戏曲等品类之中，书画当然也是一个方面。侧身这些项目，体会这种形而上的东西，能有效增加书画家的艺术感悟力，并积累个人综合素养。

李健强：这些确实有必要好好学习，苦恼的是没有太多时间。

郑志刚：还有就是你在孩子身上下的功夫特多，甚至工作、书画、孩子，构成了你的三部曲。

李健强：在女儿很小的时候，我就和她交流比较多。可能我意识到自己在中国传统文化方面比较欠缺，所以我得趁早给她补营养。女儿刚会说话的时候，我就开始教他中国古典诗词，上幼儿园前她就能背诵一百多首了，而且每背一首我都给她录了音。在她上小班的时候，我还带她参加过河南省诗词学会主办的"新世纪诗词吟唱会"，有很多爱好诗词的领导和老人参加。她当时是所有表演者中年龄最小的，上台朗诵的时候大大方方的，效果非常好。我在女儿身上下的功夫很多，其实在教她或是引导她学习的同时，对我也是一种补课。

郑志刚：令嫒的毛笔字和画你也给我看了一些，确实是个好苗子。按照力的双向性原则，你在指导她的时候，她的作品也应该给你以启发与借鉴。

李健强：是的。她的字画极其朴素、天真、自然，这种气息是我们很多书画家所没有的。我教她的时候在想，我是不是也可以追求一下纯真童趣。她在看画的时候所提出的一些问题，很是引发我的思考。现在很多中国书画收藏者，有时候都分辨不出什么是真正的好作品，究竟好在哪里？而我的女儿，她现在的欣赏眼光已经很接近我了，她对一幅画的评判往往是很客观的。

这就引申到中国的艺术教育问题。现在的孩子上音乐、美术课几乎没什么实际效用，光是听老师不停地灌输概念了。在我看来，小学音乐、美术着重上艺术欣赏课更重要，用现代多媒体放映大量中国古典艺术精品、西方古典和现代的经典作品，着重培养孩子们的视觉感受与审美，提升他们对中国古典文化的认识，这对他们将来是很有帮助的。像音乐课，就应该让他们多听中国的古典名曲和西方经典音乐。尽管他们可能暂时搞不大懂，但是随着年龄的增长、阅历的积累，他们一定会理解其中丰富的内涵。

现在我们都在谈文脉传承、正本清源方面的问题，已经意识到文脉不清晰、传承不清晰了，为什么呢？看看美术专业的这些孩子，18岁考到美术学院国画系。但18岁以前他们所受到的教育，究竟有多少与中国的传统文脉有关系？有几个人经常写毛笔字、研读古诗词？他们练过多少年的国画书法？等等，这些就很难说了。苛刻点说，他们甚至是从18岁才开始接触中国传统文化，大学短短四年，面对中国博大精深的传统文化，可能有的学生连个皮毛都难学到。就这样一毕业，你就要让他们频繁地去参加各样美展和其他各种交流活动，为了能够"体面"地参加各种活动，还得要求他们在短时间内形成所谓的"个人风格"，你说，这不是揠苗助长吗？

清代沈宗骞说"画家从事笔墨，初十年略识笔墨性情，又十年规模初备，又十年神理少得，二十年后乃可几于变化，此其大概也"。反观当下画坛，有几人有这样的认识，更不要说做到了。

郑志刚：你在做书画家的同时，也是一个有见地的艺术教育启蒙老师，你的女儿是你艺术教育方面的一件作品，你倾注了心血。

李健强：我不会刻意培养她将来往哪个方面发展，她会有自己的思考与选择。但我坚信，如果她要在绘画方面发展，优势是明显的。我尤其希望我们整个艺术教育方式能够加速改良，这将惠及整个民族的综合文化素质。

郑志刚：我们整个的书画艺术界正在进行一场正本清源的运动。

李健强：现在是多元时代，各种艺术都可以有一个很好的发展空间。作为中国传统文化，现在大家都呼吁正本清源，整体的情况应该会逐渐好起来。具体到中国书画来说，大家的意识与思路也在悄然澄清，这是一个大方向。现在信息资源比较丰富，很多二三十岁的年轻画家，出手和起点确实是比较高，路子也比以前纯正，所以我认为国画前景还是比较好的。但有许多具体的问题依然应当引起我们的足够重视，比如在当今这个急功近利的时代，一个书画家所必须具备的定力问题，也就是所谓的"寂寞耐受力"。要想往心中的艺术宝塔走，你需要一步一步地，像爬泰山一样，吃苦流汗坎坷难行是难免的。你在这个过程中积攒力量，就像一个僧人面壁修行，需要抵御许多现世的诱惑，那么好多人也可能就会耐受不了半途而废了。这个是没办法的事情，谁都帮不了你。你的内心不够坚毅，原有辛苦建立起来的原则就会瞬间垮塌，功亏一篑。这方面的例子很多，足够引起我们警惕。

郑志刚：这个问题我认为也是很重要的，对艺术家来说是一种严厉的自我拷问。在喧嚣和浮躁面前你行吗？如果把你关到书房里，一个封闭的空间，没有朋友、没有电话、没有电视报纸，你还能潜心创作吗？你能三月不下楼吗？每个画家都可以扪心自问，如果长时间没人找你交流，没人买你的作品，你的作品在展览比赛中连连落选，你还能坚守淡泊吗？上海有一个篆刻家徐正濂有篇文章这么说过："当鲜花少下去，扔过来的臭蛋多起来，当越来越多的人不理解你，当同道多说你最差，当全中国的人都不要你的印章时，你能继续坚持你的信念，继续坚信你的审美吗？这一刻我真正体会到了梵·高的伟大。"

李健强：现在的艺术环境确实发生了很大变化，画家面对的干扰和诱惑实在太多，这是客观现实。每个画家都要面对拒绝与选择的问题，毕竟时间有限、精力有限。所以仔细想想，独处对艺术创作确实很重要。

郑志刚：创作多于临古，就是定力欠缺表现之一种。

李健强：其实在艺术创作与修为方面，大多数人从理论上都知道该怎么做，只是眼下利益的诱惑干扰实在太多，大多数人就乱了方寸。好不容易一少部分人可以做到，但深入的程度又不行。有时候我就琢磨，学习中国书画是不是真的非得按老祖宗说得那样一步步去走，步步为营，真没有捷径吗？

郑志刚：是的，只有方法，没有捷径。

李健强：在这种情况下想超越前人，对当代书画家是个极大考验。如果真是只有这种排斥催化剂的土办法，必须这样去弄，又得读书又得诗书画印全面积累，又得耐受寂寞不为名利所动，那你就只有沉下心了。宋高宗赵构说自己"凡五十年间，非大利害相妨，未始一日舍笔墨"。这样的坚持我们今天有吗？经典之所以经典，都是心血汗水长年浇灌所致。在这个漫长而枯燥的过程中，无数次重复，无数次演练，没有巨大的量的保证是绝对不行的。在这个诱惑很多、选择很多的时代，坚守比随波逐流要难得多。

郑志刚：就到这里吧，四五个钟头谈下来，天黑了，你也累了。

李健强：这样无拘束的倾心交流真是难得，希望今后还有这样的机会。齐白石刻过"知己有恩"这方印章，在此我要真诚地感谢你的关注与体察。

岭上白云风往来 36×25cm

豫南记游　136×68cm

新县遇雨图 136×68cm

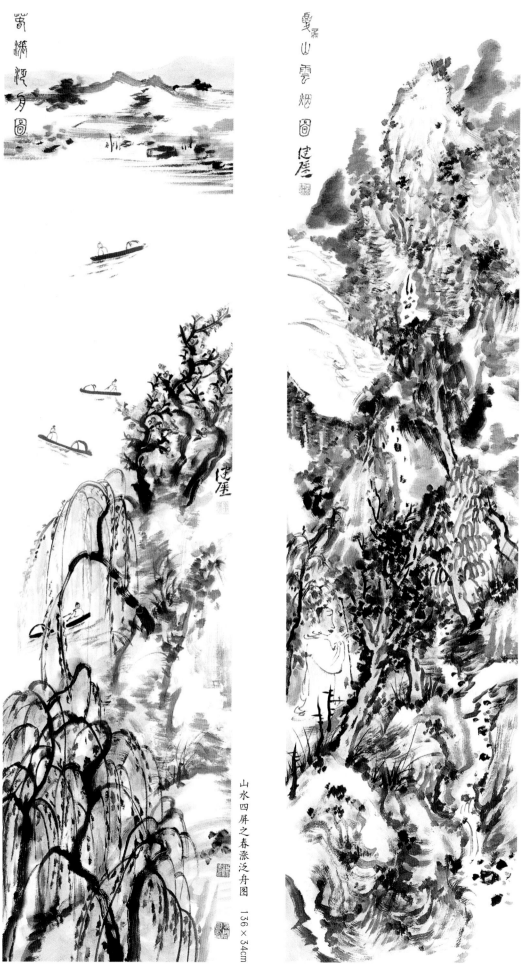

山水四屏之春涨泛舟图　136×34cm

山水四屏之夏山云烟图　136×34cm

秋林閑話圖　建崖

寒夜讀書圖　建崖

山水四屏之秋林闲话图　136×34cm

山水四屏之冬夜读书图　136×34cm

桃源仙境图　136×52cm